U0477262

兰圃新声

福州市师生有声美文大赛优秀作品集

福州市教育局 福州市文联 福州晚报 编

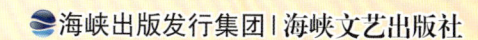

海峡出版发行集团 | 海峡文艺出版社

编委会

主任：念琪 李朴 卓良辉

编辑：蒋丽文 刘颖 杨绪光 安梓 任志勇

美术编辑：郭秀春

主办：福州市教育局 福州市文学艺术界联合会 福州晚报

声动校园
——写在《兰圃新声》出版之际

■ 念琪

有一种美好声音，能让听觉柔软；
有一种经典美文，能因诵读入心。

声音是一种色彩，声音是一种力量，声音是一种温度，声音更是灵魂的音乐。声音的力量，或坚定，或勇敢，或温柔，或清冽，带给我们不可替代的那种感动，在记忆里挥之不去，令人难忘。

同学们，你们都感受过声音的力量吗？这些年，我们曾为央视综艺《朗读者》的温情细腻而热泪盈眶，为湖南卫视《声临其境》的生动配音而心弦悸动，为记录片《舌尖上的中国》的动人旁白而向往其中……声音正是这样一种美的艺术。声音背后传递的所见所闻所历、情感的故事、文化的传承，更值得我们拥有。

同样，写作也是一种"声音"，俗话说"文为心声"，当声音以吟诵、以文字两种形式在一个作品里碰撞，会产生什么样的火花呢？又能让我们的学生们领略怎样的美妙境地？

三年前，差不多也是这样的深秋时节，福州晚报副刊的几位编辑同志来到教育部门寻求合作。当时，福州晚报正计划迎来创办40周年的历史时刻，晚报副刊"兰花圃"从创刊之日起，就是习近平总书记非常关注的闽都文艺创作大本营，在新闻界、文学界都享有盛誉。我年轻时，也曾在"兰花圃"发表过作品。

为深入贯彻习近平总书记关于语言文字工作的重要指示精神，培育闽都文化创作"新声代"和文学新人，2021年起福州市教育局、福州市文联、福州晚报携手开展了"永远的传承——兰花圃杯"首届福州市小学生有声美文大赛。

这个比赛颇有新意，通过将"少年儿童文学创作"与"诵读讲述"结合的创新方式，引导广大学子以"有声美文"这种创新形式传承中华优秀文化，用文字的质朴记录对幸福福州的深情，用声音的力量传递对祖国的热爱。2021年首届赛事推出后，由于形式创新，立刻就在校园中引领风潮，全年8场月赛及年度总决赛共诞生了近200篇的优秀作品，赛事的网络点击量突破600万，人民网、新华网、光明日报及省市所有媒体、全网都进行了报道，形成了巨大的社会效应。

2022年，由于首届的成功，主办方将赛事升级为"全市师生有声美文大赛"，将参赛面更扩展至教师、大学生群体。到今年，比赛已经举行第三届，影响力越来越大。由"有声美文"大赛胜出的优秀作品，又代表福州市参加全省、全国经典诵读大赛，都取得了亮眼的成绩，为福州市挖掘、培养了一批朗诵好苗子。"鸟石书艺"和"有声美文"都成为福州教育语言文字工作的特色品牌活动。

这次，主办方将在2022年赛事中涌现出来的优秀作品，汇同晚报"兰花圃"一批爱国颂党热爱乡土福地的经典篇章汇集出版，推出"精品图书+有声码书"，更是助力全市青少年学子有效落实"双减"、五育并举、健康成长。希望它能滋养更多学子，传承闽都文化，再诞生一批福州校园响亮的"声音艺术团"。

目录

声动校园
——写在《兰圃新声》出版之际 ················念琪 001

壮丽山河 大美福州（24篇）
传承闽剧艺术 弘扬传统文化 ················010
魂穿坊巷 ················013
暖香 ················016
坚守 ················018
世遗光顾福州 传承历史精神 ················021
醉美仓山 ················024
三坊七巷 ················026
探寻岁月中的福州 ················028
有福之州好福气 ················032
福州的文化名片——鼓山 ················033
浓情寿山石雕 献礼百年华诞 ················035
人类瑰宝——创造与传承 ················038
福州古厝——爱荆庄 ················040
三山两塔一水间 ················043
一道不一样的风景 ················046
和软木画亲密接触 ················048
家门口的上下杭 ················050
悠悠安泰水 昭昭赤子心 ················052
软木画 一座城市的文化记忆 ················054
心中的桃花源 ················056
一台永唱不衰的"好戏"——寻访水榭戏台 ················058
追光少年 ················060
钟灵毓秀唯榕城 ················063
有福之州 ················065

爱党爱国 红色传承（43篇）

庆建党百年 忆红色初心 …………………………068
中华之星 ……………………………………………072
种子的沧桑 …………………………………………075
我有最美"红色基因" ………………………………077
没有共产党就没有新中国 …………………………079
我想为你献首歌 ……………………………………080
颂党恩 ………………………………………………083
红种 …………………………………………………084
铭记·传承 ……………………………………………086
百年礼赞 ……………………………………………088
指路明灯 ……………………………………………089
光辉之党 ……………………………………………091
党的光辉照我心 ……………………………………092
回望眼 恰是百年风华 ………………………………094
红日东升 ……………………………………………096
感恩有你 ……………………………………………098
血战降虎 ……………………………………………100
世纪少年 ……………………………………………102
旭日东升 光芒万丈 …………………………………104
跟党走 做新时代的小主人 …………………………106
百年传承的纽带 ……………………………………108
"吃水不忘挖井人"——幸福生活报党恩 …………110

没有您 就没有今天的一切 …………………… 112
泱泱中华 龙咆虎啸 …………………………… 114
我的爱国情 …………………………………… 115
党旗映光辉 少年铸梦想 ……………………… 117
这是我们的百年 ……………………………… 118
水调歌头·伟大新中国
——向中国共产党百年华诞献礼 …………… 120
传承红色文化 续写百年风华 ………………… 121
国旗·军章·赤子心 …………………………… 123
坊巷文化红色传承 民族复兴我辈当先 ……… 125
建党百年天地新 百年党恩记于心 …………… 127
我爱我的党 …………………………………… 129
请党放心 强国有我 …………………………… 131
一枚党员徽章 ………………………………… 133
星星之火 可以燎原 …………………………… 135
我眼中的您 …………………………………… 137
印象南湖——红船 …………………………… 139
破晓红日 ……………………………………… 141
党的颂歌 ……………………………………… 143
感受时代脉搏 激发奋进动力 ………………… 144
火光 …………………………………………… 146
初心为序 向光而行 …………………………… 148

牢记使命 榜样力量（16篇）

舍小家为大家
——记黄花岗烈士林觉民 ……………………151
火焰蓝 中国梦 ……………………………154
致敬 ………………………………………156
平定风波 …………………………………159
兰之颂 ……………………………………161
英雄领航 践行梦想 ………………………162
穿越时空的信函
——致陈延年先生 …………………………164
寻访身边的共产党员 ………………………166
革命先烈 叶凯 ……………………………168
潜伏中的"密使一号" ………………………170
传统美德 情谊相扣 ………………………172
珍惜 ………………………………………175
幸福的觉醒 ………………………………177
奋斗的底色 ………………………………179
走进林觉民故居 …………………………182
何谓英雄 …………………………………184

强国有我 少年强音（16篇）

一次演讲改变了我 …………………………………189
红色之旅 助我成长 …………………………………191
矢志为中华之崛起而读书 …………………………193
爱，就爱你那绿意盎然的模样 ……………………195
革命精神永流传 ……………………………………197
我爱红领巾 …………………………………………199
读《辛亥年的枪声》看福州人的性格 ……………201
一封《与妻书》千古家国情 ………………………203
省革命历史纪念馆小小志愿者随笔 ………………205
革命之火 永燃不息
——读《铁道游击队》有感 ………………………207
沁园春——建党百年有感 …………………………209
追思先烈 筑牢信仰之基
——读《文韬武略的军事家——左权》有感 ……210
童心向党 筑梦中国 …………………………………212
探访红色足迹 传承红色精神 ………………………214
理想照亮未来
——《开学第一课》观后感 ………………………216
小小的餐桌 大大的梦想 ……………………………218

壮丽山河
大美福州

009

传承闽剧艺术
弘扬传统文化

福州第十八中学 丁兮 指导老师：黄怡

聚沙成塔，集腋成裘，从古至今，一寸寸"沙土"的累积才聚成文化的大山，一条条"溪流"的汇集才形成文化的汪洋。一代代人所保留的物质财富与精神财富都值得被传承。在我的家乡福州，就有着这么一个代表福州文化的精神财富令我着迷，那就是闽剧。

闽剧在三坊七巷水榭戏台表演。 池远 摄

闽剧《兰花赋》。 池远 摄

　　闽剧是福州特色的文化精粹,是福州文化的一张名片,历史悠久,博大精深。我与闽剧的渊源,还得从一次邂逅说起。

　　杏雨梨云,李白桃红,我踏着青石板路走进了三坊七巷。天空泛着淡淡的青色,我穿梭在熙熙攘攘的人群中,忽然,一阵悠扬的二胡声响起,随即,婉转流畅的唱腔落入我的耳中。随着声音寻去,我拐进一条小巷里,那里有个戏班子正在表演闽剧。角们身穿华服,妆容精致,在台上灵动地唱着,潇洒又不失高雅。每个音弦都耐人寻味,好似春日旭阳的温和,春雨绵绵的清凉。每句腔调都细腻却有力,宛如三月的春风和煦,四月的溪流潺潺。直至演出结束,我仍意犹未尽。

　　回到家中,我便迫不及待地将在三坊七巷的所见所闻与祖父分享。祖父是个老闽剧人,便兴致勃勃地与我谈论起来。他告诉我,这部剧的名字叫作《炼印》，讲的是公差杨传和李乙因替百姓说话被撤了职，通过声东击西的方法将按院的金印换了过来，冒充按院惩罚了真正的恶人的故事。波澜起伏的情节，生动的人物形象，让我如痴如醉。

自此之后，我便对闽剧产生了浓厚的兴趣。每逢假日，祖父总会带我去剧院看闽剧，每一次演出都让我惊喜交集。耳濡目染下，我渐渐成了一个闽剧爱好者，开始深入地了解闽剧，与祖父谈论每一次的演出。每一次与闽剧的接触都能让我自得其乐，不仅仅是唱腔，闽剧中人物的精神更深深地触动了我，《炼印》中杨传李乙的舍己为人；《林则徐充军》中林则徐的认真廉洁；《陈靖姑》中陈靖姑的济世救人。闲暇，我将闽剧的故事一篇篇地收集起来，时常与朋友分享闽剧的故事，表演闽剧的唱腔，演绎福州传统文化中的英雄意识、忠厚仁义思想。

习近平总书记指出："没有文明的继承与发展，没有文化的弘扬和繁荣，就没有中国梦的实现。"闽剧不仅仅是一种演、唱上的艺术，更是代表着福州文化的宝贵精神财富。身为福州人，我希望通过言传身教，去守护这一份"财富"。我希望用自己的微薄力量，去传承闽剧艺术，弘扬传统文化。

三坊七巷。　池远 摄

魂穿坊巷

福州市鼓楼第一中心小学　王晨伊　指导老师：陈清

　　七巷三坊记旧游，晚凉声唱卖花柔。做完作业，我站在窗边远眺。华灯初上，被誉为半部明清建筑史的三坊七巷，静静吐纳着这座城市的芬芳。忽然，天空中一个闪烁的光点吸引了我，它穿越云层，钻出一条时空隧道。刹那间，月光耀眼，我抬手遮住了眼。

三坊七巷俯瞰。 **石美祥 摄**

  再睁开眼，我发现已来到一个陌生的院子。白墙青瓦，朱门花窗，一个眉清目秀的小姑娘，正在玉兰树下若有所思。"鹊应，快进屋休息。"屋里传来一位妇人的声音。"娘，今天睡前，您再给我讲讲曾祖父和爷爷的故事吧。"沈鹊应？这不是我做三坊七巷小讲解员时，提起过许多遍的福州爱国诗人吗？我突然激动起来，可发现自己无法动弹。眼前的情景，就像戴着VR眼镜一般身临其境，于是，我便听着妇人娓娓道来。

  原来，小女孩沈鹊应是林则徐的曾外孙女，还管沈葆桢叫爷爷。当沈妈妈讲到虎门销烟时，我被林则徐的民族大义深深打动。当讲到沈葆桢赴台抗日时，我又不禁热血沸腾。后来，我便随着鹊应成长的画面，静静地做起了观众。

这一年，鹊应成婚了。她的夫君叫林旭，两人志趣相投，都喜欢写诗作词，一时成为三坊七巷里的佳话。可在那山河动乱的年代，林旭为了实现心中的强国梦，成为主导变法的戊戌六君子，英勇就义、以身殉国。鹊应伤心欲绝，写下一首《浪淘沙·悼晚翠》：报国志难酬，碧血谁收，箧中遗稿自千秋……

看到这里，我早已泪流满面，我多想抱抱鹊应，告诉她：林旭用自己的鲜血唤醒了无数同胞，千千万万的人前赴后继，守卫着我们的祖国！

忽然，感觉有人在摇晃我的肩膀。"宝贝，你怎么哭了？"我睁开眼，看见妈妈熟悉关切的眼神，恍若隔世。

先烈们，多希望你们能看见，这盛世如您所愿——我们的百姓丰衣足食，我们的军队气吞山河，我们的国家繁荣昌盛！在辛亥革命110年，中国共产党成立100周年之际，我们也必将赓续红色血脉，努力学习，不断拼搏，长大后为祖国贡献自己的力量！

暖香

闽雨揉香摘未知，钩帘顿觉暑风微。

只应雪外梅花笑，肯与儿曹入枕帏。

福州市每年举办茉莉花茶大赛，图为评委们正在对茉莉花茶品香。

石美祥 摄

如果说，梅花是傲雪开放的寒香，那么茉莉就是迎日绽放的一缕暖香。

茉莉，小小的花瓣，玲珑娇嫩，洁白无瑕。她没有艳丽的色彩，她质朴、纯洁，可她却是那样晶莹剔透、楚楚动人。她在福州生活了两千多年，坊间流传着关于她的这样一个传说。传说美丽花仙子与凡人相恋，天庭要将其捉拿问罪时，百花仙子出手相助。只见百花仙子长袖一拂，美丽花仙子瞬间失去了色彩，变成点点白花散落人间。故而"茉莉"又名"抹莉"。

壮丽山河 大美福州

福州市秀山初级中学 杜凝璁 指导老师：张旭文、张昊明

林洪寿正在制茶。 石美祥 摄

17日上午福州举办首届中国茶叶交易会福州茉莉花茶文化节，图为非遗大师现场表演茉莉花茶制作。 石美祥 摄

茉莉花，抹去了色彩，却掩盖不住她透骨的美丽和醉人的香气。人在远处，她散发的是一种若隐若现的香味；人到近处，她又是浓郁的、化不开的清香。清新、清纯、甜美、恬静的茉莉花。

美丽花仙子的故事还有后续的精彩。传说，当美丽花仙子变成点点茉莉后，其丈夫变成了一棵茶树。为了能让他们永远在一起，便有了茉莉花茶。将茉莉与茶结合在一起，将这爱情故事得以升华与圆满。

盛夏时节请到福州来，捧一把茉莉花，去感受这两千多年的暖意。寒冬时节请到福州来，品一杯茉莉花茶，去享受这一千多年的暖香。

刻玉雕琼作小葩，
清姿元不受铅华。
西风偷得余香去，
分与秋城无限花。

017

壮丽山河 大美福州

"你看我绣的这茉莉好看吗？"

坚守

我心不在焉地摆弄着手中的针线，心生疑惑，也只当外婆又绣出了一幅得意之作想让我看看。我转头瞅去，又顿时眼前一亮：碧绿的叶子带着盎然的春意，洁白如雪的茉莉坠离枝头，仿佛带着阵阵清香，半片花瓣垂下却无丝毫的颓废之气，反倒更加生机灵动，与窗外的茉莉相差无几。

"好看。"

"是吗？这花，我一绣就是30年。"她的语气透露出几分惊喜与怀念，温润如玉的眸子里溢出光彩，藏满了对绣花的热爱，她低头用手轻抚着茉莉，静默了许久，将绣好的茉莉托举到窗前，与窗外枝头盛开的茉莉对比，补充道："唯有咱福州的茉莉才开的这样饱满鲜活。"

我看向外婆，一时竟离不开目光了。外婆在绣花上坚守了30年，唯爱绣茉莉。在我很小的时候，便对外婆天天绣茉莉这事产生了好奇，就

福州格致中学鼓山校区 吴奕寒　指导老师：陈佳琳

世遗大会嘉宾们在小黄楼后花园动手穿制茉莉花串。　张旭阳 摄

让外婆教我绣茉莉。有次我问外婆："这绣花都是多少年的东西了，为什么您还要天天绣呢，而且还偏偏绣茉莉。"她对我说："孩子，绣花是我一生不断学习的东西，即使大部分人不关注它，它也永远不会消失。而茉莉是咱福州的文化遗产，就属福州的茉莉最特别，应该把它传承下去。"当时的我却不甚理解，外婆也没说什么，只是继续教我绣茉莉。渐渐地，我也对此产生了兴趣，却怎么也绣不好。

记忆中，外婆不善打扮，鼻梁上总是虚虚地架着一副老花镜，凑近了去穿针线，仔细地去一点一点地缝合。她那双皲裂黎黑的手，打满了褶皱，如山峦，如沟壑，荡漾在岁月中，正是这双不起眼的手，这双粗糙到让人以为注定干不了细活的手，陪伴了针线三十多年。

从小到大，我从未听过外婆说过她离不开针线，可她的一举一动无不在诉说着她对绣茉莉的热爱，那是沉默的，深沉的，是镌刻在骨子里的情感。她一直不厌其烦地绣着茉莉，从未放弃，或许是为了口中的"传承""文化遗产"，又或许只是爱好。她就这样在衰落遗失的边缘上坚守，在快捷功利的繁荣里坚持。

我再度望向外婆，她早已又拿起针线。夕阳静静地倾泻着，阳光透过茉莉花间的罅隙毫不吝啬地洒下点点碎金，映衬在外婆的肩上。从远处吹来的风荡过窗棂，拨开她的额角发丝，瞥见风中一缕游丝。手中仅有针线，眼里也仅有针线。一针一线密密缝，承载着外婆的一生。我忽然明白了她口中的"传承""文化遗产"，一门手艺的消亡，往往意味着一座小型文化博物馆的消失。而古老的种子，它生命的胚芽蕴藏于内部，只是需要在新时代的土壤里播种。于她而言，这不仅仅是一种赚钱的工具，无聊时的消遣了，她在用自己的方式坚守着这份热爱与信念。

我忽瞥见桌上的针线，感到羞愧起来——曾经求着外婆教我的兴趣，现在却因为绣不好想着放弃。

外婆似乎注意到了我的目光，随之望去，拍了拍我的肩，安抚道："别灰心，再练练，总能绣好的。"

是啊，坚守下去，总会有收获的，哪怕置身其中而不自知。就好比，她针线下的茉莉与静默人间，从来不是一日所成。

世遗光顾福州
传承历史精神

"榕城"是福州的美称，世遗是世界文化遗产大会的简称，两个看似毫无联系的别称却在2021年这个特殊的年份中相遇。

壮丽山河 大美福州

福州格致中学鼓山校区 余浩铭 指导老师：雷清清

2021年5月20日海峡银行与闽江学院在三坊七巷开展纪念建党一百周年活动。

石美祥 摄

在这个建党100周年的喜庆日子里，世遗会如期而至。我将借此机会来给大家讲述讲述咱们有福之州的传统文化以及人文精神。

第一个要讲述的便是福州戏了，或者说闽剧。闽剧是唯一一个用福州话来唱的戏曲剧种。素有"榕腔"和"闽腔"的雅称。其风格高雅洒脱，虽然不及京剧的生、旦、净、末、丑一般让人耳熟能详，也不及川剧的变脸一般名声远播，令听众拍案叫绝，却也算得上是一阵洒脱的清风了，独一无二。在此时，不知有多少流落在外的游子，在异国他乡的福建华侨们，只要一听见闽剧，就会在不知不觉间想起自己的家人，自己的家乡和自己的祖国，思愁不禁油然而生呢？

"怀橘蒸梨意不同，一盂枣粟杂双方。年年报哺同鸟鸟，此意榕城有古风。"这首诗说的正是福州的传统节日——拗九节。福州早在2005年将拗九节定为"孝顺节"。说到拗九节，我不禁回忆起在一个阴雨绵绵的正月廿九中，我与其他几位小伙伴共同参加了为孤寡老人在拗九节送粥的活动，每当我们将一碗碗热气腾腾的粥送到他们的手中时，老人们的眼中闪着感激的泪水，一字一字的，艰难的，说了一句感激的话语。尽管他们口齿不清，可大家还是被他们所感动。那时我还不明白，为什么我们仅仅是送了一碗粥，这些老人却感激不尽？直到如今，我明白了——这些老人家平时缺少别人的陪伴，也没有人去看望他们。随着社会的进步，大家在不断努力地工作时却时常忘记了人最最重要的感情——亲情。它陪伴你成长，所以，请不要抛弃它。孝亲敬长是中华民族的传统美德，我们应好好地传承这种精神，为后代树立一根标杆。

三坊七巷作为福州的名片，很早以前就已经名声远扬了，这里有着许许多多的历史人物——虎门销烟的林则徐，革命烈士的林觉民近代

2021年5月20日海峡银行与闽江学院在三坊七巷开展纪念建党一百周年活动。

石美祥 摄

思想家严复……这个名单还可以列得很长很长。其中,我要给大家讲述的是革命烈士林觉民。林觉民出生于1887年,他天性聪慧,读书过目不忘,最有名的便是他在科举考试上写下了"少年不忘万户侯"就离开了。他在他那短短一生中说过:"只要革除暴政,建立共和,能使国家安强,则死也瞑目。"1911年林觉民勇猛地攻入总督衙门,但受伤力尽被俘。5月3日,林觉民被枪杀,年仅24岁。林觉民这种一心为国家,为大家,舍己为人,奋不顾身的精神令人可歌可泣。

闽剧,拗九节,林觉民的精神……世遗会令更多人了解了更多的历史精神。

我们不仅要传承下去,而且还要发扬光大。

醉美仓山

当我呱呱坠地跌入您的怀抱，
当我步履蹒跚行在您的肩上，
当我牙牙学语诵读您的名字，
我就深深记住您——醉美仓山。

洪塘桥横跨闽江，
在朝露的晨光里身影蒙蒙，
在夕阳的余晖中彩晕重重，
日复一日年复一年，
它见证着南台的数代变迁。

高盖山寺隐重峰，
在叠云烟霭里若隐若现，
在木鱼声声中忽近忽远，
声声木鱼袅袅香烟，
无不诉说着寻幽的心境。

花海公园静卧江边，
在无边的春色里吐纳芬芳，
在萧萧的秋意中依旧绽放，

福州市仓山区实验小学 张思祺　指导老师：林莹

海峡文化艺术中心。 池远 摄

四季轮回色彩更迭，
时光就这样在花瓣的心跳中悄然而逝。

会展中心拔地而起，
建博会、数字中国、两岸经贸交流……
她似展翅鸿鹄迎接八方来客，
掀起一轮又一轮数字浪潮，
推动着中国步步向前。

醉美仓山，
您是三江滋养的肥沃土地上盛开的南台之花，
一方秀丽的山水，
遇上改革开放的赞歌，
您注定不再平凡，
您必将奋勇向前，
谱写新的篇章！

烟台山历史风貌区。 池远 摄

壮丽山河 大美福州

三坊七巷

福州格致中学鼓山校区 陈心琰 指导老师：杨晓勤

深吸一口气，古榕的鲜草味亲吻鼻尖，不论在哪儿都能听见小鸟在枝头的演奏，抬头望去，浓茂的绿荫密遮于头顶，可想而知，此时所处的一定是美丽的福州。今天，我们就来谈谈美丽福州的古韵之景——三坊七巷。

三坊七巷和福州一起经历了许多岁月的沧桑的洗礼，保留完好的古风古韵，让它成为"明清建筑博物馆"。一些精美的建筑虽已有些毁坏，但仍风貌不减。政府为了保护这些珍贵的文化遗产，专门进行了修

三坊七巷。 池远 摄

壮丽山河 大美福州

缮和保护，如今，它已作为福州的一处旅游景点，吸引了许多中外游客。

　　随着人流走进一个神秘的小巷，随处可见的便是白墙黑瓦，一扇扇经岁月抚摸过的门仍是华丽非凡，神秘的大门背后，曾是一个个古时知名状元和少爷、小姐的居住之地。四处都流露着文化的气息，令人神清气爽，远远望去，大红灯笼高高挂起，两旁街道的屋檐形成了一道道亮丽的风景，走在这里的石青小道上，整个人都会不由得安静下来，用眼去回望这里的繁荣和古味，用耳去细细倾听鸟儿的悦鸣，为你讲述这里曾瑰丽的旧景年华，令人遐想万千、流连忘返。

　　白墙、青瓦、朱门、精致的石雕，静谧的庭院，一百多年的玉兰树仍吐芬芳，院里弯弯曲曲的走廊让人不禁想起福州太守程师孟当时来此游览所吟的："永日清阴喜独来，野僧题石作吟台。无诗可比颜光禄，每忆登临却自回。"

　　美丽的三坊七巷无处不透露着福州的文化气息，让我们携手共游福州的街道，一起去发现福州别样的风景。

探寻岁月中的福州

我开始在夜晚的福州中行走，呼吸着被雨净化的浑浊，触摸着布满岁月沧桑的古墙，这是我的家乡。夜晚的福州有一种沁人心脾的美，我在现代与复古交杂的气息中挣扎，试图探寻有关它的过往。

福州格致中学鼓山校区 陈灵桑 指导老师：雷清清

福州时商会旧址。 张旭阳 摄

福州时商会旧址内的八角亭。　　**张旭阳 摄**

　　我在图书馆中翻找着各类书籍。地理书上，黑色的笔墨勾勒出城的轮廓，它濒临于海，悠长的海岸线仿佛在随时欢迎人们的到来，我似乎读懂了它感到的细微幸福。幸福真是一个神奇的东西啊，不仅流露着人们的满足与归属感，同时又寄托着对明天的期待。历史书中，它从公元前5000年慢慢行到今天，缔造成一个伟大文明。时间悄无声息地划过，留下层出不穷的伤口，却又被抹平，变为它自己才知道的秘密。就这样在文明与落后中交织前行。

　　我在闽江边徘徊，漫天的花火点燃赤色黄色与白色，身边有几位撑着油纸伞的姑娘。一把油纸伞，几许淡墨云，江水轻轻荡漾，泛起涟漪，伞面上，淡色的荷花在炽热的灯光的照映下，除去那一方高洁，却又有了一丝芳馨。紫竹为柄，八十四骨，油纸伞的每处做工细节堪称完美，显示着做工人的技艺高超。远方的风掠过，油纸伞是历史的珍藏。在悠悠岁月里，它们鲜活依旧，风采不减。路边就是卖糖画的摊子，做糖画的老人手法娴熟地用糖浆描绘着图案,他抬头,眯着眼看了看天上绚烂的烟火,慈爱地摸了摸身边的小孙子的头,手把手地教他画出简单的图形。珍贵的东西不会被人遗忘。在他们身上,我看到了保护与传承凝聚成的强大又动人的定力与恒心。沿途而下,风景很多,但没有什么比这更美了。

我在这座城市的血脉里游走,最终停在黛瓦相连的古厝前。青瓦白墙,茂盛的爬山虎,天桥上贴着世遗大会宣传贴画,灯光变幻成凌乱的线条,偷偷溜过。古厝的线条优美,它庇护着自然生灵与文化遗产,爱国、勤廉、革新、励志。人类离不开文化的传承,八闽世遗,五彩斑斓,

"一片福州三坊七巷，半部中国近代史"。徜徉在古老坊巷，走过一个又一个名人故居，那些灿若繁星的大人物组成了福州特有的人文精神。三坊七巷是福州文化的"根"，更是"魂"。走过繁华的街区，略过汽车引擎的轰鸣声，在古厝里，我体会到了空旷与延伸的安心。还有许多人也在这里安静地散步，这安静又庄重的地方却在无形地牵动放缓了你的神经。唯有历史足矣做到，这是这座城市的底气。

夜游于福州城，似乎除了熟悉仍是熟悉，我爱着它，它用阳光把我接走，又用晚霞送我回来。看着繁华堆砌的美好，路边直至天明都为人们点亮的灯，就像漂流的船只靠了岸，归家的人感到了久违的温暖。

林浦泰山宫全景图。　张旭阳　摄

有福之州好福气

有福之州好福气，
福道蜿蜒龙腾起，
晨练散步好去处，
榕城美景收眼底。

有福之州好福气，
三坊七巷真美丽，
觉民祥谦信念坚，
英勇献身为主义。

有福之州好福气，
数字中国启航地，
智能制造前景好，
造福百姓高科技。

有福之州好福气，
慧眼妙手谱新曲，
近平爷爷绘蓝图，
超越发展有潜力。

福州市仓山区第四中心小学 陈俊全

指导老师：黄烨

壮丽山河 大美福州

福州的文化名片——鼓山

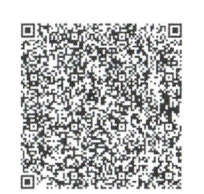

我的家乡福州，是一座蕴含深厚文化底蕴的城市，它是中国著名的侨乡和台胞祖籍地。城里遍植榕树，整座城市被绿荫所环绕，所以福州还有个别称叫"榕城"。福州环山襟水，城内有乌山、于山、屏山三山鼎峙，乌塔、白塔两塔耸立，还有一条闽江贯穿，构成了"三山两塔一条江"的秀丽画卷，使得福州有了山城相依、山水环抱的特色。

在这众多的名胜风景中，我最钟爱鼓山，因为它承载着许多我童年的回忆。

小时候，爸妈经常带我去爬鼓山，每次我都冲在最前面，爸妈不慌不忙地跟在我后面。我们许多时候爬鼓山都正值夏季，经过鼓山登山的起点——闽山第一亭，沿着石阶往上爬，满山遍野都是郁郁葱葱的绿色，巨大的树冠遮住了刺眼的阳光，草丛中有时还能看见几只蹦蹦跳跳的小昆虫。

壮丽山河 大美福州

福州格致中学鼓山校区 陈骏杰 指导老师：施宣宣

继续往前走,会看到许多摩崖石刻,它们有的经过岁月的洗礼,已褪去颜色,有的已经磨损到看不出字迹。一路欣赏着风景,很快就到第一个"歇脚点"——观瀑亭,据说曾经在这里可以看见飞瀑直流而下,因此得名"观瀑亭"。

从观瀑亭再往上走两百多级台阶,就来到乘云亭,亭旁有平台,还有许多的石桌石椅。站在平台上往下望,树木丛生,百草丰茂,耳边鸟语声声,虫鸣阵阵。在这样的美景中前行,不知不觉就到了半山亭。半山亭旁有一个更大的平台,许多人坐在石桌旁品茶、聊天,阵阵凉爽的清风拂过身体,惬意极了。稍微休息一会儿,喝几口水,继续往上爬,经过五百多级台阶,便抵达观音亭。据传,清乾隆时福州知府李拔登山至此,累得汗流浃背,气喘吁吁,往前路途还很远,半途返回又心有不甘,于是就在亭旁岩石上题刻了行书"欲罢不能"四个大字。这四个字的来源让人忍俊不禁,更是有鼓励登山人不要放弃,继续攀登之意。

过了观音亭,便是更衣亭,我们登山至此,已经是汗流浃背。换上干净的衣物之后,继续往上行,就来到了鼓山著名的景点之一:涌泉寺。涌泉寺内有着许多佛门珍宝,它那古老而又神秘的气息深深地吸引着我。打量着神态各异的佛像和石雕,我不禁连连发出惊叹之声,整座寺庙渗透着浓浓的历史气息,让人顿生庄严肃穆之感。

这就是鼓山,我们福州的四大名山之一,这里的名山秀水,风景如画,与悠久的历史、多彩的文化相映生辉,吸引着无数的中外游客。在福州,还有许许多多这样古老而美丽的名胜,等着我们去欣赏和探索。

浓情寿山石雕
献礼百年华诞

福州的特产繁多，寿山石雕、脱胎漆器、油纸伞、牛角梳、佛跳墙……每每谈起家乡的特产，我的心里自豪之情就油然而生。然而我最喜欢的要算是寿山石雕了。

寿山石产自福州寿山乡，它多种多样，品种繁多。大致分为田坑、水坑和山坑。它是中国传统"四大印章石"之一。在清朝时，寿山石可是用来制作皇帝玺印的呢。

从小到大，我也见过不少寿山石雕的作品。花鸟、人物、佛像，每一个作品都让我心生喜爱。在这

福州寿山石雕刻技艺国家级非遗传承人陈礼忠雕刻的大型圆雕作品。　张旭阳 摄

壮丽山河　大美福州

福州市长乐区吴航中心小学　陈梓朋　　指导老师：郑冰

些作品中，我印象最深的莫过于"满汉全席"了。据说"满汉全席"是由福州寿山石雕刻艺术家孙兆勇历时近20年潜心收集、创作而成的。"寿山石满汉全席"共143道"菜肴"，是利用月尾石、善伯冻、艾叶绿、老岭石、芙蓉石、杜陵石等几十种寿山石雕刻创作而成，因此获得由上海大世界吉尼斯总部颁发的大世界吉尼斯之殊荣。

百年征程波澜壮阔，百年初心历久弥坚。为庆祝中国共产党成立100周年，6月30日上午，福建省革命历史纪念馆举办"匠心向党 礼赞百年"寿山石雕精品展，本次展览以红色百年、天工艺匠、守正创新三个篇章为主线，设"红船精神""延安精神""飞夺泸定桥""难忘下党""古厝新韵""战马冲锋""一带一路""向红旗敬礼"等内容共展出100件精品。这些温润多彩的寿山石在这些名家的雕琢下，或气势磅礴、或古朴沉雄，无一不通过其独具魅力的石头文化，向参观者讲述中国共产党的百年奋斗历程和辉煌成就。

我坚信寿山石雕这一国家级非遗在镌刻党的百年辉煌中绽放更加绚丽的光彩。

陈礼忠作品《咏梅》。张旭阳 摄

福州寿山石雕刻技艺国家级非遗传承人陈礼忠作品《荷盖蟹巢》。　张旭阳　摄

国家级非遗传承人陈礼忠的作品《恰逢花开》。　张旭阳　摄

壮丽山河　大美福州

人类瑰宝——创造与传承

如果，将人类比作树干，那么让这棵大树枝繁叶茂的秘密是什么呢？漫步在三坊七巷的喧闹中，我不禁思索着。是生命吗？是历史吗？或许都不是，我认为，是几千年来流传不息的文化。

纵观几千年悠久不息的历史，中国的文化经过从无到有的转变和不断的淘汰，最终才保留了那些令人赞叹的优秀传统文化。但是优秀的传统文化，如果不将它们保留传承，那将来终会被世人所遗忘！

福州作为一座历史悠久的城市，今年更是举办了第四十四届世界遗产大会。而被誉为"半部中国近代史"的三坊七巷，是中国现存唯一的坊巷格局的老街，也是历史与现代化并存的文化古街，由城中的一座座古厝围绕而成。从这里，走出了林则徐、沈葆桢、严复等一批名人，他们影响了中国近现代进程。在这里，你可以在繁荣的灯火中漫步；可以走进林则徐纪念馆，一睹"虎门销烟"的壮观场景；可以走进严复的故居，瞻仰他的救国梦、强国梦、兴国梦；也可以踏进林觉民的

福州格致中学鼓山校区 陈绮萱 指导老师：陈佳琳

壮丽山河 大美福州

故居，一睹民国时期的战火纷飞，走进冰心故居共享"有了爱就有一切"的心灵盛宴。

　　福州自公元前五千年来，在历史的记事簿上一直都留有姓名。从新石器文化到现今的"万丈高楼平地起"，人们一直在往高处行走。现如今，每天都有络绎不绝的游客在博物馆进进出出，观赏其中展示的珍稀字画。但我想，那些字画和宝物的价值并不在于它们的罕见，而在于它们所承载的文化内涵。

　　从古至今，每一次创造的基础，都是之前文化的传承。倘若不保留前人传下来的优秀传统文化，那么再进行创造就要经历更多的坎坷。可以说，传承既是人类所特有的瑰宝，也是文明得以延续的工具。

　　传统文化的传承与新一轮优秀文化的创造都是全人类的瑰宝，也是全人类的责任，二者缺一不可。有了传承文化和不断创新的精神，才使人类文明得以延续，使薪火得以代代相传，随着历史的长河流入汪洋，影响地球上的每一片土地！

福州古厝——爱荆庄

"厝"在福州话中是房子的意思，每个福州人的生活都离不开厝。古厝，顾名思义，就是古代的房子。有着2200多年建城史的福州，至今仍保留着许多底蕴深厚的古厝，它们记录着历史，承载着乡愁，也传承着福州的人文精神。

壮丽山河 大美福州

福州教育学院附属第一小学 陈筱苒 指导老师：林珊

爱荆庄（局部）。张旭阳 摄

爱荆庄。 张旭阳 摄

　　说到古厝，三坊七巷和上下杭无疑是福州历史建筑群中两颗璀璨的明珠，不过，今天我要带你领略的是福州城西南永泰大山中的一座古厝——爱荆庄。

　　爱荆庄始建于清朝道光年间，有着"乡村中的皇家园林"美誉。站在古厝门口，门楣上的"爱荆庄"三个字庄严朴素。据说，这个庄名的由来与"拙荆"一词有关。拙荆是古代丈夫在别人面前对妻子的谦称，爱荆庄的主人将他对贤妻的爱意与敬重题写于门楣之上，一定是想让男女平等、互敬互爱的思想在这座古厝里代代相传吧？走进庄内，屋脊活泼灵动,房间古朴雅致,北面的百草台,种满花卉、蔬菜和草药,为老宅带来了勃勃生机。

具有当地特色的水道,让庄寨数百年来从未受过水患的困扰;科学的通风设计,为居民营造了舒适惬意的生活环境。寨墙、铳楼、瞭望洞构成了易守难攻的防御体系,保护了族人和乡亲的安全。

爸爸告诉我,参观古厝,不仅要欣赏它的建筑艺术,更要体会它泽被后世、绵延百年的文化内涵。于是,我怀着好奇,在庄内寻找着、品味着爸爸说的"文化"。原来,这座古厝的文化与庄寨的女主人美祚嫲有关。美祚嫲朴诚勤谨、知书达理,最早提倡男女平等,设立了"媳妇斋"和"女子学堂",编纂《女三字经》,在那个男女地位悬殊的封建时代,美祚嫲的思想和行动需要有多大的勇气呀!美祚嫲还充满了人格魅力,但凡乡邻亲族有妯娌不和、邻里矛盾,都会上门请她进行裁断,明理善言的她总能调解得令人信服。美祚嫲的家风教育、以身垂范和人格魅力对后世产生了深远影响,形成了独特而不可多得的"女绅文化"。 参观了"爱荆庄"后,我对爸爸说,我虽然不在爱荆庄中生活,但是,我也要像美祚嫲一样,做一个"女绅"。

习近平爷爷说过,保护好古建筑、保护好文物就是保存历史,保护城市的文脉,保存历史文化名城无形的优良传统。在福州,每一座古厝,都有自己的文化基因,应当被矢志不渝地传承下去,而我,也将继续了解、发现、学习,做古厝文化的小小传播人。

三山两塔一水间

闽江流过她的背脊，三山坐落于她的肩膀，乌塔白塔矗立在三山之上。她左手抱着左海，右手捧着西湖，中央立着"三山一水"雕塑。她胸前别着榕树作标志，三宝是她引以为傲的掌上明珠。她腰间那一道"三坊七巷"长廊，驻留了多少历史，多少记忆。

她，便是我的家乡——国家历史文化名城——福州。

每个家乡都有自己独特的美味小吃，在我心中，福州鱼丸便是那份最独特的享受。几勺汤汁滋润着鱼丸的表皮，渐渐渗入，滴在鱼肉上，牙齿轻轻咬出一个小口，浓郁的汤汁伴着清甜的鱼肉丁儿，和着葱花，香与咸在嘴里碰撞着直击味蕾。冬天冻红的脸蛋被这热气又哄的更红了。

伴随着清晨的雾气，早市最先苏醒，三坊七巷紧随其后。白墙青瓦，似乎还是民国的老样子。只不过挂了几盏霓虹灯；不过拉车的都被封在了石雕里；不过老铺主将店传给了子孙；不过孩子都长成大人罢了。三坊七巷，从不会少了那份淳朴，那番热情。"一片三坊七巷地，半

壮丽山河 大美福州

福州第十八中学 罗心瑜 指导老师：吴贵滨

壮丽山河 大美福州

白塔。 池远 摄

乌塔。 池远 摄

部中国近代史"。这方"老福州"刚柔并济,既有林则徐虎门销烟之"勇",林觉明革命大无畏之"义",又并着沈复、冰心老先生的"文之美"传遍每条坊每条巷。

透过一层门帘,巧匠们以刀代笔,在软木上雕镂着传统艺术的精细;漆工将绸布在胚胎上逐层裱褙,阴干后脱去原胎,显现出传统技艺的绚丽多彩。这一笔一画,一雕一刻,世代相传,与之齐名的寿山石雕、闽剧、福州评话等传统的美术、书法、戏剧,都已列入非物质文化遗产,受着国家法律的保护。

这座小城已挤满了人,但一开口,那句"老福州"便紧紧伴随着他们,那茉莉的芬芳还萦绕身旁,那油纸伞的木料味儿总能让故人重逢,那一口浓浓的福州腔、那三山一水之地、那有福之州、那翡翠榕城,已深深烙印在每个"老福州"的心上。

"七溜八溜,不离虎纠。"这是国家总书记最深情的感受,是福州人民最深情的邀约,也是这座山水小城最美的模样。

一道不一样的风景

福州市江南水都小学 四年3班 周川妍 指导老师：林应功

太阳炙烤着大地，但仍有习习凉风，潇潇的风声被闽江边的大石阻拦，失去痕迹。不远处一条杂乱的小街上，在一个不起眼的角落里竟隐藏着一道风景，一道被忽略的历史美景——翁正春状元府。翁府位于建新镇洪塘状元街16号，是明代状元翁正春出仕后荣归故里时修建的福地，三落大厝，前后三进，是现今福州少有的明代建筑。洪塘状元街因翁正春得名，但今日看去那并不是一条彰显权贵的华丽大道，街道两旁大多是市牌房，外墙陈旧，依旧卖菜的卖菜、卖肉的卖肉，倒显出一番生意红火的景象。

轻扣状元府大门，没有应答，但天井里栽的花已经探出头来欢迎宾客，颇有春色满园关不住的意味。随着花的指引，走进状元府，眼前清新亮丽的春色与一旁的古墙形成鲜明的对比，令人目醉神怡，抬头望古老的屋顶，房梁上雕龙画凤，虽颜色褪去，形象却依然栩栩如生，令人一看便可推想大宅主人当年的风光。他们仿佛都和那棵杉木一道，诉说着明朝至今洪塘的风云变幻。

　　穿过一条小弄子来到状元府第三进——后花厅，后花厅是当年迎接皇帝圣旨之处，也是状元翁正春的出生地，整座建筑的房梁框架，原样保留了明代建筑木质梁柱的材料和结构，包括斗拱也依照保留下来的明代样式重修。一旁是翁正春状元小时候读书的书斋，安静古朴，走近似乎还能闻见墨香萦绕，顶上屋檐及巷屋处翅膀的弧线，大有望子成龙、翱翔于天的意思。走出宅院，顶上斜斜的太阳，不偏不倚地落在古砖瓦堆砌的墙上，落在我的肩上，我想他和它是否都在说，少年你穿过江流和曲径来探寻我，我跨越百年时光来遇见你，为的正是那承前而启后。

和软木画亲密接触

软木画是福州三宝之一，是用西班牙软木做材料，用刻刀当笔做出来的画，是福州人传统的技艺。今年过年，我来到三坊七巷的非遗馆，跟着非遗传承人老师，和软木画来了一次亲密接触。老师发的材料，是许多长条状，比纸还薄的小木片、刻刀、垫板。

福州市乌山小学 郑王昕　指导老师：林钧

软木画作品。　张旭阳 摄

吴学宝大师的作品《土楼奇观》。 张旭阳 摄

跟着老师的讲解,我先把小木片放到垫板上,用刻刀竖着切成菱形。然后斜着轻轻一刮,把小木片卷起来,就像小月牙一样。一开始,我觉得很难,因为如果用力太轻,木片卷不起来;如果用力太大,就会把小木片切断。力度和角度都很重要。而且必须戴口罩,因为用力呼吸,会把木片吹走。我想了一个好办法:把做好的小木条放进玻璃罩里。我静下心,反反复复地试了很多次,终于学会了用恰好的力度一刮,一片木头叶子就诞生了。叶子做出来以后,还要用白乳胶粘成需要的造型。最后,我完成了一个软木画小摆件。

我明白了一个道理:心急吃不了热豆腐,一定要耐心才能做出一件好作品。软木画的技艺只有在福州得到传承,因为难度大,耗时,现在只有一些老匠人还在做。我要把软木画的故事告诉更多人,让大家一起为软木画的传承和保护作贡献。

吴学宝大师软木画作品《定光寺》。 张旭阳 摄

家门口的上下杭

这里是生我养我的故乡——福州。

这里是我家门口的历史文化街区——上下杭。

而我,是这里的小小讲解员志愿者。

加入讲解队伍的这一年,闲余的时候就会来到这里,为往来的游客述说上下杭的故事。

走过古老的三通桥,桥下的三捷河潺潺地流向母亲河闽江的怀抱。一到夜晚,灯光秀丽,水雾弥漫,一派"水绕三通桥,雾笼两杭州"的景象。

三捷河,一条承载数百年繁华印记的城市内河。古时候,这里货运繁忙,有俗语"龙船扒出后田口,船工运货上下杭",记录了它当时的繁华。张真君祖殿前三捷河"潮水两头涨,财源滚滚来"的奇观也为上下杭的商贸增添了几分神秘色彩。

同样的繁华,也有星安桥的印记。它连接了双杭的福星铺和苍霞洲的安乐铺,人称"一桥飞架,两铺相通"。相传,当时它还是入福州城

上下杭。池远 摄

的重要通道之一呢！

　　有了便利的交通，便有了商铺，有了商铺，商贸便随之兴起。永德会馆、南郡会馆、建郡会馆、德发京果行、福州市商会等等，让上下杭成为"福州市近代传统商业博物馆"。他们见证着早期福州与世界贸易的接轨，也见证了八闽早期的贸易繁荣。

　　上下杭也拥有着深厚的文化底蕴。陈文龙尚书庙，是英雄的象征，也是人民的精神信仰。张真君祖殿、观音庵，民间宗教信仰文化也随处可见。黄培松故居现今已成为福州市美术馆，罗氏绸缎庄作为福州市非物质文化遗产展示馆，让我们领略"千年闽都、百年传承、今朝世遗"的魅力。采峰别墅等更是近现代建筑业的典范。

　　上下杭包罗万象，古厝新生，传承了一代又一代，正如福州的精神一样，"海纳百川，有容乃大"。2021年是新中国成立72周年，世界遗产大会也在福州召开。习近平爷爷说："历史文化是城市的灵魂，要像爱惜自己的生命一样保护好城市历史文化遗产。"上下杭承载着历史，也寄托着未来。作为讲解员，我希望它可以越来越好！我爱上下杭，我爱福州！

悠悠安泰水 昭昭赤子心

记忆中的安泰河,像自由的精灵,在远离世俗的淡泊中,独守福州的一方净土,潇洒倜傥。那悠悠流淌着的安泰水承载着颗先祖父的昭昭赤子心。

福州市乌山小学 赵怡岑　指导老师:丁清清

"微雨过,小荷翻,榴花开欲然"的初夏,万里无云,阳光透过淡薄的云层,照亮着白茫茫的大地,反射出黄澄澄的光芒,也照在了这条小河上。我和妈妈在安泰河旁漫步,河水缓缓地流淌着,仿佛在时光的长廊里穿行。妈妈边走边跟我普及道:"安泰河全长两千五百多米,平均宽度九米,它如同一条血脉贯穿福州老城区……"妈妈的话如同三月的风儿拂过我的耳畔,流入我的心田。

此刻,我的眼中看到的是一座明清的江南水乡,美不胜收。如烟的柳色在河岸晕开,用翠绿的枝叶抚摸着微凉的风。河中的鱼是水中活泼的精灵,正自由自在地游着,无声无息。我喜欢它们在水里穿梭追逐的身影,时不时蹦一蹦,跳一跳。有时,调皮的孩子往水里扔石头。鱼群便会一哄而散,躲到别处去,只剩下那翡翠一般的河水在闪烁着。

福州安泰河。

　　双手抚过故居斑驳的墙体，水汽沁染指尖，丝丝缕缕的心绪在心底晕开。生在和平的年代，我们过得安宁祥和不必再像二十四岁的革命先烈林觉民先生一样，翘望遍地腥云、满街狼犬的神州大地，为有身孕的爱妻留下字字泣血的《与妻书》，在黄花岗起义中战斗到最后一刻，从容赴死。但作为青少年的我们正躬行盛世，应承担起作链接与续承文化责任，以高度的文化自信向世人阐述福州之美。意气风发的你我，肩上挑有前辈的期盼，更有今世"少年强则国强"的责任，我们需以自己的点滴行动——学会礼让、待人友善、心中有"福"，来证明福州文化积淀之厚，让其文化成为一颗明星耀我福州，耀我中华！

软木画
一座城市的文化记忆

一圈圈的年轮承载着树的记忆，一代代的人坚守着火一般的信念，软木画发源于福州市西园村，至今已有百年历史，当其他软木画艺人纷纷弃刀改行时，吴芝生先生从他父亲手中接过刻刀后，便再也没有放下过，如今这刀也传到了他女儿的手中。

我作为晋安区雏鹰文化讲解志愿者时，有幸走进了晋安西园村，一个由软木画构成的神奇世界。还记得那天步入展厅时，栩栩如生的软木画作品一下就抓住我所有的目光，那精致的亭台楼阁，那逼真的山水鸟兽，还有那仿佛具有生命力的花草树木，皆是在匠人手中的刻刀下被缓缓地创造出来。当我在看到红色系列作品《古田会址》《毛泽东朱德同志旧居》时，透过那木与刀的完美演绎，透过层层叠叠的光影间，我仿佛感受到在那个战火纷飞的年代，革命烈士们不惜牺牲自己的生命，抛头颅、洒热血，也要完成对革命事业的坚持。手艺人的一刀一刻，让百年的光辉凝固成无声的诗，在我心中回荡。

当我也拿起刻刀，用手去感受、用心去聆听时，我激动极了。我知

福州市晋安第五中心小学 胡妍　指导老师：姜馨

道,在漫漫时光的长河中,自己是渺小的,可当我的手触摸到软木画时,我仿佛与先人进行着跨越时空的对话,这是历史给人的感动,这是文化给人的力量。老师说:"如果没有年轻人的加入,再过十年、二十年软木画这门手艺可能就消失了。"我心里一怔,顿时有一种空落落的感觉。历史文化对于一座城乃至国家来说是多么重要呀!如果我们不去小心翼翼地保护它们,它们就会慢慢地、无声无息地消失了,最后淡出我们的记忆。

习爷爷曾说过:"每一种文明都延续着一个国家和民族的精神血脉,既需要薪火相传、代代守护,更需要与时俱进、勇于创新。"作为一名晋安雏鹰文化讲解员,坚定文化自信、保护文化传承,既是责任也是义务。我希望通过我的声音,让家乡的美被更多的人看到,让闽都文化、中华文化在世界绽放光彩!

已故省级传承人吴传福创新创作的软木画圆雕作品。

心中的桃花源

我停在那家小店门前。

我每次路过,总能看见这小店里亮着幽微的光,却从未踏入半步。一扇小窗贴着残破的窗纸,只能望见一个灰黑的晕。轻吸一口气,手指轻轻叩门。"吱——"一声,门,开了!

温煦的光,晕开在狭小的房间里,那个身影微微抬起了头——一位老爷爷。两对温柔的目光在这昏黄里晕开,虽无言,那神情却说明了一切:进来吧!

他再次低下头去,面前是一片尚未细琢的软木。身旁是一排排数不尽的刻刀,手中的刻刀翻飞着,反射出流转不定的色彩。瘦小的肩撑着宽大的白衬衫,微蹙的眉,轻抿的唇,犀利的目光全部凝在了手中的软木上。橙黄的光洒在他灰白的秀发上,透出一种历史的悠远。

数刀轻劈过去,描绘出一根树枝的大概样貌——一根斜伸的桃枝。

福州第十八中学 高婧琪 指导老师:翁晗玫

擦汗，换刀。刻刀熟练地在软木上跳跃着，身旁扑簌簌落下几点木屑。那一星星桃叶逐渐显露，斜斜密密地铺在桃枝上。再细看时，竟有几分陶渊明笔下的风韵。

收刀，起身。把桃枝安在一旁底板上。凝视面前的软木画，已有几分模样，一座座起伏的群山上是一棵棵柔美的桃树，几个小亭子若隐若现地藏在山里。一弯溪流无目的般地游走着，几朵碎云躺在溪流中成了浪花，一叶扁舟浮于水上，漂向远方——仿若一个桃花源。

走出小店，夕阳正好，浅绯的云一丝一丝抽离，像彩色的棉花糖融化在橙色的夕阳里。风从路旁桃树的梢头拂过，满树的繁花抖动起来，将树下斑驳的光影抖得支离破碎，光斑破碎再合拢，合拢再破碎，互相追逐着……老人专注雕刻的模样一次又一次浮现在我面前。狭窄的小巷里藏着人流的喧嚣，老爷爷的小店却无人驻足。熙熙攘攘的人群只顾眼前商业的热闹，却不知，这眼前正如桃花源般消逝的软木画才是最美的福州之景。

又是一个傍晚，晚风凉。总见心中桃花源里的桃树，树影婆娑。只是这手艺是否有人继承？为福州人再忆福州文化而指路呢？

一台永唱不衰的"好戏"
——寻访水榭戏台

走进熙熙攘攘的南后街，拐进古香古色的三坊七巷。一排排别具特色的建筑，一座座富有历史气息的民居，如一幅古老而富有生机的画卷，在我们眼前，徐徐铺展——

听！"咚锵咚锵，咚咚锵……"衣锦坊里，传来锣鼓声声，正是好戏开场啦！

步入大院，穿过小弄，转入花厅，顿时豁然开朗！看！花园不大，却别有洞天，一方水潭，绿树掩映；艳阳穿过树影，投下明媚的波光；一座精巧别致的亭子临水而建，仿佛洛神仙子，凌波而立。这，就是"水榭戏台"！

"谁知五柳孤松客，却住三坊七巷间。"三坊七巷闹中取静，自古居住着许多士大夫。风雅之士追求"采菊东篱下"的悠然洒脱，自然离不开戏与戏台。所谓"无台不成戏"，这水榭戏台自然成了他们的"宠儿"。明末清初，福州的"非遗"——闽剧，就在这戏台上发展、传唱、鼎盛……

瞧！她飞檐翘角，犹如水袖当空舞，又如鹰隼振翅飞。舞台背景是

闽剧在三坊七巷水榭戏台表演。 池远 摄

大型工笔壁画——福州的民间传说《荔枝换绛桃》。

是的！戏台的惊艳，不仅在于设计的巧思，技艺的精湛，更在于整个花厅，洋溢着浓郁的历史文化气息。花厅，在戏台的对面，是主人们品茶、看戏的场所。花厅分两层，家中男子在一楼听曲，女眷则上楼看戏。花厅左侧，还有一个冬暖夏凉的观戏长廊——"雪洞"，通往二楼的曲径就巧妙地隐藏在搭建雪洞的假山之中。

优雅别致的戏台，雕刻精美的石栏，造型奇特的山石，郁郁葱葱的花木，再加上鸟鸣阵阵，花香袅袅，流水潺潺，一时间，我们仿佛进入了历史，感受传统文化的魅力，感受祖先的智慧与汗水的结晶。

听！那唱腔或低吟，或铿锵，或唱家国情怀，或咏人生百态，戏台上唱念做打，拈花微笑；戏台下触景生情，渐入佳境……悠扬的唱腔经过潭水的反射，仿佛洗尽铅华，显得更加清丽明亮，回荡花厅，沁人心脾。

"旧时王谢堂前燕，飞入寻常百姓家"，这台好戏，从历史的云烟中飘来，在繁华的南后街上空回荡，唱给今天的每一位福州人。这台好戏，正连接起这块宝地的昨日、今日和明日。这台好戏，它将经久不息，代代相传，永唱不衰……

追光少年

福州市群众路小学 联合创作（刘盈欣、陈俐言、陈沐璟、林书娴、张尚烽、张浩宇、柯涵哲、高赫） 指导老师：林锐

嗨，大家好！我是一名壹零后的小学生，当我第一次在鼓山顶上俯瞰福州，阳光下，闽江的波光粼粼；夜色中，东街口的霓虹闪闪。风吹过的地方，满眼都是亮丽的光彩。成长在这样一个美好的时代，我禁不住呐喊：

少年，你好——福州，你好——

可是，你知道100年前的中国是什么样子吗？晚清政府成了强弩之末，帝国主义铁蹄下的中华大地，民生凋零；割地、赔款、"华人与狗不得入内"……多少中华民族的耻辱！所以，我们要手连手、心连心，众志成城，一代接着一代去奋斗。

听妈妈讲，眼前的一切是一代又一代有志向的中国少年奋斗出来的。在这日新月异的新时代，今天定下的目标可能明天就落后了，跟上时代的脚步，说说容易，做起来真的太难了！

我们是勇敢的少年，正如汩汩的山泉一般，前进着，奔跑着，如若巨大的岩石挡住去路，那么我们是否一遇挫折就停止前进的动力呢？不！绝不能！我们是少年，是祖国未来的建设者和接班人，一路向前，

闽江之心。 池远 摄

绝不退缩,相信在不久的将来,我们定会成长为大江大河,奔腾不息!

我们,要同人民一起奋斗,要同人民一起前进,把自己的梦想同祖国的命运联结在一起,年少青春才能无悔!

茉莉幽香处,
橘灯轻轻摇。
古琴吟,淡墨香,
光禄台上鹤声长。
烛火四更天,
与妻书绝笔,
浩气长存!

这熟悉的声音到底来自何方?为什么一下子让我的心里明亮起

来，你是谁？你们到底是谁？

　　我是林觉民，黄花岗七十二烈士，1887年出生。
　　我是林祥谦，中国工人运动先驱，1892年出生。
　　我是陈祥榕，卫国戍边英雄，2001年出生。
　　我们也是少年，我们也成长在这片土地上！

　　虽相隔百年，昨天、今天、明天，我们拥有着同一个梦想，国家富强，民族振兴，人民幸福！我希望百年后的你们，能铭记我们付出生命的初心。
　　清澈的爱，只为中国！让你我成为走在时代前列的奋进者、开拓者、奉献者。
　　我所爱的孩子们，我所期待的少年们，更希望你们为心中的理想而争分夺秒，与光同行。想象苍穹，向前，成为拼尽全力的追光少年！
　　我们记住了，身为中华少年，为中华民族的伟大复兴而奋斗！向着中华民族伟大复兴的中国梦进发！

钟灵毓秀 唯榕城

山水榕城，有福之州，这说的正是我的故乡福州。这是一片山河相连的多元土地，一座理学传统和外贸交流并存的文化熔炉，催生出世界级的遗产地。

胸怀千秋伟业，恰是百年风华。福州可以说是跟着祖国共同成长起来的，洋务运动时期福州船政局赫赫有名，后又经历了福建事变，最后趋于安定。一百年说长不长，说短也不短，在这百年间我看到的是巨龙的苏醒、是华夏的崛起。

"城里三山古越都，楼台相望跨蓬壶，有时细雨微烟罩，便是天然水墨图。"秀气独钟的历史文化名城福州，山不高而玲珑，壑不广而清幽。江水澄碧，海天交汇，树木常年皆绿，鲜花四季常开，风景绮丽，景物天成。文化发达，人文荟萃，"路逢十客九青衿"，素有"海滨邹鲁"美称。

所以第44届世界遗产大会才会在福州举行，悠久的历史，灿烂的文化，富饶的土地，没有一处不叫人心向往之。漫步于福州的大街小巷，站在桥中央看小河两岸的景色，两侧大红灯笼顺着河道排列，会馆透过

壮丽山河 大美福州

福州市鼓楼第一中心小学 谢宇昕 指导老师：陈爱萍

窗户传送了几眼昏黄的光，让人梦回盛唐。福州给世界人民交出了一份圆满的世遗答卷。

世遗大会让世界看到了福州，乘风破浪会有时，直挂云帆济沧海。在新的改革开放大潮中，福州市已制定了跨世纪的发展宏图。我们竭诚欢迎海内外友人惠临福州，与我们共赏风光名胜，共话历史沧桑，共建新时代的福地宝城。

百年征程波澜壮阔，百年初心历久弥坚。我心里明白全是在祖国的庇护下福州才能发展的这么好，所以我将牢牢地将这份感恩铭记于心，并为之奋斗。我爱我的祖国，也深深地爱着，爱着生我养我的家乡！请党放心，强国有我！

世遗大会嘉宾们观看伬艺表演。张旭阳 摄

闽江之心。 池远 摄

有福之州

先前我一直以为福州是个默默无闻的小城市,但深入了解后才发现原来福州很早前就进入世人的眼睛了。宋代钱公辅便有作诗"七闽天东南,群山号未绝。其中长乐郡,佳丽比吴越。日出朝可攀,地温冬不雪"。也曾被宋真宗称赞:"七闽山水多才俊,三岁奇童出盛时。家世应传清白训,婴儿自得老成资……"而虎门销烟的林则徐,中国现代文化史上的杰出女性林徽因,著名数学家陈景润更是不必说。如今的福州也在飞速进步,倒是能称得上一句"物华天宝""人杰地灵"。

福州格致中学鼓山校区 蓝子诺 指导老师:林丹青

壮丽山河 大美福州

福州人的孝是刻在骨子里的。福州有个传统节日拗九节。每年农历的正月二十九这天晚辈为表达对长辈的孝敬，都要精心熬制一碗拗九粥给父母或长辈。拗九节还有个令人感动的传说，关于目连与他的母亲的故事，流传甚广。

除了拗九节，三坊七巷就是福州的代名词了。有人说三坊七巷是福州的魂，于我而言不错。几乎每年我们家都会去三坊七巷，刚开始去还是稀奇的，但后来也屡见不鲜。近几年去却有了新的感受，每年的景都没太大变化，但周围的人却不同了，陪伴的人越来越少，离开的人越来越多，倒是切身体会了一番"年年岁岁花相似，岁岁年年人不同"的感觉。初次与三坊七巷见面的画面已有些模糊了，新的和旧的交织。不同的记忆叠上来，也赋予它与众不同的意义。最深刻的是在三坊七巷认识到林觉民先生，知道了与妻书，了解了这段历史。犹记得当时还为这段感情难过，埋怨。但长大后却佩服林觉民先生，他确乎是当之无愧的英雄。 由于几乎每年都去，所以我往往更不在意景，而在意人了。走在三坊七巷的大道上，周围热闹非凡。街边的小铺排着长长的队伍，各色的人穿着各色的衣服。街边有男男女女旁若无人秀恩爱的，有来专门吃这儿的美食的，也有认真参观的。弥漫在空气中的佛跳墙、鱼丸、鼎边糊……的香气混合，令人食指大动，想亲身品尝一番。这些构成了独属于三坊七巷，独属于福州的画。

福州像是个宝藏，她还有数不尽的优点，希望你来这，这儿的传统文化和人文精神等着你去——探寻、体味。

爱党爱国
红色传承

庆建党百年 忆红色初心

福州市华侨中学 上官茹艺　指导老师：陈诗缘

2021年，中国共产党迎来建党100周年，一百年风雨兼程，一百年奋斗不息，在中国共产党的正确领导下，中国发生了翻天覆地的变化。1921年7月，在国家危难之际诞生的中国共产党不负众望，团结全国各族人民，艰苦奋战，建立了新中国。这100年来，全国各族人民团结一心，不怕困难，自强不息，一步一步走向胜利。

"没有共产党就没有新中国，没有共产党就没有新中国……"童年时，经常听外婆唱起这首歌，也听她讲起中国共产党的伟大事迹。在内忧外患之际，中国共产党以不怕牺牲的奉献精神，抛头颅、洒热血，把侵略者赶出中国，又抚平内战，建立了新中国，让亿万人民在饱受欺凌的黑暗中迎来了黎明。而后，共产党又带领人民完成了社会主义革命、推动社会主义建设，改革开放、脱贫攻坚，全面建成小康社会，带领各族人民向着实现中华民族伟大复兴的中国梦阔步前行。

2021年5月20日海峡银行与闽江学院在三坊七巷开展纪念建党一百周年活动。

石美祥 摄

2021年5月20日海峡银行与闽江学院在三坊七巷开展纪念建党一百周年活动。

石美祥 摄

爱党爱国 红色传承

2021年5月20日海峡银行与闽江学院在三坊七巷开展纪念建党一百周年活动。

石美祥 摄

2021年5月20日海峡银行与闽江学院在三坊七巷开展纪念建党一百周年活动。

石美祥 摄

百年征程波澜壮阔,百年党史蕴含丰富。当我们回顾党史,可以看到无数英雄的红色事迹,他们用自己青春和生命书写的党史,一次又一次地震撼我们的心灵。我们要学习这些党史故事,从中汲取智慧和力量,坚定初心,激励奋进,以振兴中华的坚定信念向历史致敬,向英雄致敬。

共产党员就像一根竹子,"竹可破而不损其节";共产党员就如一块玉石,"玉可碎而不损其白";共产党员们就如中流砥柱,在惊涛骇浪中坚定不拔。李大钊、杨靖宇、董存瑞、刘胡兰……这些为中华民族英勇献身的英雄,他们的名字就像一面旗帜,永远是我们学习的典范。还有无数牺牲在战场的民族英雄,他们为了人民的利益献出了宝贵的生命,将鲜血染红了整个中华大地,这样大无畏的精神代代相传,激励我们不懈奋斗。

我们是朝气蓬勃的朝阳,承载着振兴民族的重任,背负着支撑国家命运的期望。我们要勇于担当,争做栋梁,要有袁隆平、钟南山等院士那样的奋斗精神,保障着人们的生活,要学习邓稼先、屠呦呦等学家的创造精神,发展我国的核心技术。

每一次阅读党史,总能让我获得前进的动力,实现中华民族伟大复兴的信念,比任何时候都要更加坚定。我们要不断学习,通过学习坚定我们不服输、不妥协的决心,激发出迎难而上,开拓进取,坚持不懈的战斗精神,让我们以党的光芒照亮前进之路,去创造新时代的新中国,去续写积厚流光的党史。

爱党爱国 红色传承

中华之星

2021盛夏,恰逢共产党建立100周年的盛宴,我倍感荣幸,心中充满激情。

福州市华侨中学 马钰林　指导老师：陈诗缘

党建实践主题公园。　池远 摄

在那旧中国里，人民身处于水深火热之中，所谓拥有五千年文化的泱泱大国也不过因百年的闭关锁国而落后于世界的脚步。而乱世之中，也曾有斗士站起身来反抗，只可惜林则徐、洪秀全、曾国藩、梁启超等人的抗争，无不以失败告终。即便是孙中山，他辛亥革命的成果也被袁世凯所窃取。在九州大地之上，也曾横尸遍野，百姓的苍生疾苦，又有谁来慰问？

你可曾记得1921那年，上海出现了一个以马克思主义为行动指南的无产阶级政党——共产党。1921至1949年，看看它如何把一个暗无天日的旧中国变成一个新时代开天辟地的国家。当红军队伍传遍九州大地时，人们知道他们的未来又一次充满了希望，仿若有一道曙光照向大地，而这也是革命的新开始。二十八年间，颠覆国民党，击退日本帝国主义，打倒一切极端黑暗势力，最终解放中国，解放人民！这告诉世界我们不再是软弱无能的国家，不再会被外来侵略势力轻易打倒，我们终于也有了与时俱进的科技创新之力，终于也有了自己的梦想与信念！

一柄金黄的锤子，一把金色的镰刀，相互交织映入红布，心中的自豪感立刻就涌了上来。在抗美援朝战争中，志愿军战士们冲在最前面；2020年的新冠危机，也是党的英雄们身着素衣战袍往前线奔去。"我是党员！"这句话就在一瞬间震撼人心。

儿时，爷爷常为我讲述他的故事，望着绿水青山与无尽的蔚蓝，他沉浸在回忆之中。他们小时候苦，闹饥荒，家里缺劳动力，没钱，也没有任何机会念书，看着我们不愁吃穿的样子，既羡慕又感激，1959至1961年的三年大饥荒，他们再也不必去回想，因为党已然让中国人走上了吃饱喝足的路。所谓没有共产党就没有新中国。从那时开始，我也便在

8米长超大国旗快闪琅岐。 池远 摄

心中埋下红心向党的种子。

党啊,请看如今的中国:现代化科技大楼拔地而起,每个孩子都享有读书的权力,汪洋中有属于我们的军舰,宇宙中有属于我们的"神舟"卫星。让欺侮过我们的西方列强看看,中华民族如今也已崛起!

党,如今是你的一百岁生日,就让礼炮飞向天空,共同与新时代的中国人一起欢呼!未来的路不会再偏离,只因为你做了如此之多,生于华夏,我不胜荣幸!

种子的沧桑

一百多年前，
有一位伟人，
他播下了一颗种子。
历史，蹒跚颠簸，
进入二十世纪
黑暗与光明同在！
帝国主义铁蹄，
肆意践踏，中华大地，
万里河山，满目疮痍！

"问苍茫大地，谁主沉浮？"
历史，在召唤英雄
终于，在无尽的黑暗中，
种子破墙而出！

开出了第一朵鲜花
我们伟大的中国共产党，诞生了！

然而，革命的道路是曲折的
无数先烈抛头颅，洒热血！
种子见证了这一切，
开出了晶莹的泪花！

二十八载，血雨腥风，
二十八声，震天动地，
仿佛一只雄狮，

沉睡千年，醒来后的怒吼——
向全世界庄严宣告：

福州市群众路小学 王顺业　指导老师：刘军星

"中国人民从此站起来了!"
种子见证了这一切,
又一次开花,开出了二十八朵,
鲜红的血花!

"风雨如晦,鸡鸣不已"
历经了十年浩劫后,
改革的春风,
吹遍了中华大地。
种子见证这一切!
开出了洁白的浪花!

共和国循着自己的脚步,

缓缓地来到,二十一世纪。

我们党的领导人,
站在历史的高度
推进"三个代表"
坚持"科学发展观"
实施"治国理政"!
这是我们的百年
种子见证了这一切!
百花齐放,
争奇斗艳,
盛开出绚烂无边的烟花!

我有最美"红色基因"

十月的一场燎原大火,烧出了天边的一片红。百年峥嵘岁月的无尽奋斗与拼搏,革命的红色基因早在中华儿女的血脉里蜿蜒流淌,代代相传。我很荣幸,在我的成长过程中,我拥有了这份最美的红色基因。

小时候,躺在爷爷的臂弯里,听他讲革命的故事。在闽西这块土地上,古田会议犹如一颗永不熄灭的星星,照亮了党前进的方向。

到了中学,老师给我们讲述红军的光辉历史。我时常想,这非人般的二万五千里,他们到底是怎么坚持下来的?老师望着我的眼睛,轻声说道:"他们啊,不怕苦,不怕累,因为他们的心,永远向着党!"

"永远——向着党!"

井冈山上,星星之火,可以燎原;

中央苏区,坚定信念,绝处逢生;

宝塔山下,解放思想,历史转折。

南湖的涟漪渐渐平息,五星红旗缓缓升起。

八一七烈士碑前,我瞻仰他们的陵墓。越过猪蹄峰,我仿佛看到了那时的战场:肩扛一面红旗,向死而生;手握一把钢枪,冲锋陷阵。子弹

爱党爱国　红色传承

建党100周年立本弄中共福州市委旧址里，同学们认真聆听吴石将军的生平介绍。
池远　摄

如雨点般扫射过来，尘土在空气中纷飞，炮火连天，鲜血染红了残阳。经过几天几夜的战斗，当红旗插上高地，当号声再次响起，他们终于胜利了！听着有脚步声，在石碑那头响起，那是他们踩着历史的旋律，带来一抹鲜红，经久不褪。

向往那样的责任担当，我成为一名光荣的共青团员。

向往那样的坚毅果敢，我在《红岩》中追寻他们的身影。

视死如归，临危不惧的，是成岗；英勇斗敌，舍己为人的，是许云峰；受尽酷刑，却从不屈服，那是江姐。渣滓洞的战友们互相帮助，智斗敌人，白公馆的人们获得胜利，终于迎来了新中国。

忆往昔，延安精神，抗美援朝，先辈们的壮举值得我们铭记；看今朝，抗疫、救灾、扶贫攻坚，红色道路还在延续。我骄傲，我自豪，我有最美"红色基因"！

历史的丰碑上赫然刻着一句话："我们的心——永远向着党！"

没有共产党就没有新中国

曾经,有这样一群人,
舍己为人,视死如归。
在战火纷飞时,为新中国开出一条血路。
现在有这样一群人,
无私奉献,挺身而出。
在安居乐业时,为新中国谱写新的乐章。
曾经有这样一个时代,硝烟弥漫,血染江河。
人们的眼神中,只有悲伤和泪水。
现在有这样一个时代,国泰民安,繁荣昌盛。
人们的生活总是幸福和美满,
千百年来有一种精神一直照耀在我们的心中,
我们叫他革命精神。
从古至今,有着无数追寻革命精神的英雄。
古有保家卫国的战士,今有奋勇逆行的白衣天使。
当青少年的明眸注视着这一派岁月静好,
有谁能记起泸定桥的铁锁,南昌的枪声?
有谁能想起井冈山的草鞋,摇动的纺线?
没有共产党就没有新中国,没有共产党就没有新中国。
亲爱的党啊,一首首赞歌,为你唱响了一百年。都没唱够。
我们对您有着无限的信仰与爱戴,
我们作为新时代的青少年,更应该在您的教诲下,
创造出新时代的火花。

福州市中山小学 方歆忱 指导老师:赖艳红

爱党爱国 红色传承

爱党爱国　红色传承

福州时代华威中学　邓予翕　指导老师：李京淋

我想为你献首歌

您是一声雷
在百年前的暗夜中
划破天空
响彻神州
从此
华夏大地便焕然一新

您是一道光
在硝烟四起的道路上
挥洒激情
指引方向
从此
中国人民走向了崛起

您是一抹红
在冬雪弥漫的征程里
艰苦奋斗
耀眼如火

从此
智慧的硕果开始丰盈

您是太阳
温暖如炽,光华闪烁
在明媚的春光下
编织着日新月异的彩卷

您是号角
嘹亮如歌,响彻云霄
在奔向美好的道路上
催促着人们昂首向前迈进

不过百年的时间
您的成果已经遍布大地

我看到——
您以巨大的手笔

谱写科学与发展的篇章
高铁、跨海大桥、山间公路……
是您为百姓搭建的幸福路

我看到——
您将目光望向宇宙
继续千百年孜孜不倦的航天梦
用冲向蓝天的火箭
谱写嫦娥奔月的时代乐章

我看到——
您将人民记在心间
为灾区建起了一道道高楼
为国人送去万条富民的政策

让家家户户展露笑脸
我看到的
是一个担当使命、艰苦奋斗的您
我看到的
是一个砥砺前行、心系人民的您
我看到的
是一个不忘初心、斗志昂扬的您

现在,我多想,多想
为您献首歌
我不唱功绩,也不唱传奇
要唱就唱对您的深情

我要对您唱
我要向着您而前行

信仰坚定,步履从容
以您的光照亮我的航程
我要对您唱
我要朝着您指的方向迈进
义无反顾,风雨兼程
为您伟大而光荣的事业而奋斗
我要对您唱
我要践行您的思想
永不退步,绝不犹豫
用大爱凝聚前进的强大能量

今天,我在这里为您献首歌
亲爱的党,您听到了吗?

颂党恩

1921 年 7 月的那一天，13 位党的先驱者，在白色恐怖下点燃革命圣火，就是从这一天起："中国共产党正式成立了！"

历史不会忘，不会忘那南湖的红船、南昌的枪声、瑞金的星星之火。我们都不曾忘记，中国共产党是如何用铁锤砸碎旧中国创建新中国。伟大的党啊，伟大的党！

是您，推翻三座大山，人民才尝到翻身的喜悦；是您，领导改革开放，富裕才走进百姓生活；是您，倡导西部开发，戈壁才崛起新城座座。

一唱雄鸡天下白，唤来春天照人间。今天的中国，中国特色社会主义新时代的巨轮，正驶向一个又一个胜利。

港澳回归，一雪百年耻辱；一带一路，促进合作共赢；神州遨游在太空银河，宇宙飞船已经不再是神话传说。如果不是那面高举的红旗，如果不是那点燎原星火，如果不是那种坚韧信仰，又怎会有，又怎会有这辉煌一切。

我们，将用深情地笔墨，来书写这 100 年来的艰辛历程。

伟大的党啊，伟大的党！

今天，我要用自己全部的爱，大声地对您说："亲爱的党妈妈，我爱您！"

福州市台江第五中心小学 邓琳宸 指导老师：翁祖德

爱党爱国 红色传承

红种

福州市麦顶小学金源浦下分校 叶铭昊 指导老师：赵仓

我是一颗种子，一颗红色的种子。

　　上世纪初，在浙江嘉兴南湖的一艘游船上，我从睡梦中惊醒。环顾四周，是满目的疮痍，是痛心的哀嚎！在暗无天日的恐怖与压迫中，在水深火热的贫瘠与挣扎中，我们生根发芽，向帝国主义，向封建主义发出了那声惊天的呐喊："王侯将相，宁有种乎？"

　　在以后的28年间，战争与苦难从未离我们远去。国民党政府的残酷迫害，日本帝国主义的疯狂侵略，神州大地在炮火中，犹如人间炼狱。在危难中，有一颗叫毛泽东的种子用他那坚定的意志与睿智的头脑带领着我们大家同仇敌忾，前仆后继，不畏艰难险阻，不惧机枪大炮，一路前行。在1949年的秋天，我们终于茁壮成长，用血肉铸成一座新的万里长城，用筋骨浇筑一道叫中国的脊梁！

　　新中国的成立，让我们这些红色的种子终于有了自己的家园。可家内外的局势仍然危机四伏,敌人虎视眈眈。如何才能将自己的家园建设得更加美丽与强大？我们在彷徨中思考,在思考中蜕变,在蜕变中我们迎来了另一位伟人邓小平。在邓小平理论的指引下,我们大力推行改革开放,开创了一个有中国特色的社会主义建设新局面,我们的生活发生着翻天覆地的变化,我们的祖国逐步迈入了世界强国的行列！

香港与澳门的回归宣告着一个旧时代的终结,党的十八大和十九大的召开揭示了一个新时代的诞生！习近平爷爷的真知灼见,高瞻远瞩,习近平爷爷的正直不阿,坚韧不屈,让无数棵饱经风霜的树木如饮甘霖,让无数颗未经世事的种子如沐春风,我们同心协力,众志成城,共同迈步走向新的征程——共筑中国梦。我们不忘初心、牢记使命,面对着国内外的风云变幻,面对着突如其来的疫情,中国共产党就是我们的强力针,我们的政府就是我们的防火墙,我们的国家就是我们的顶梁柱！

"春种一粒粟,秋收万颗子",一颗种子会成为参天大树,一粒稻谷会变为万亩良田。百年的沧桑巨变,飞逝的时光流转,不变的是我们党爱国爱人民的决心,不变的是我们国家自强不息的坚定信念,不变的更是我们绿叶对根的深情,种子对土地深深的挚爱！

铭记·传承

一道道夹着抗战周刊的身影，正忙碌地穿梭在福州城的大街小巷；一声声鼓舞革命斗志的号角，似乎在耳畔响起……站在上杭路口，我仿佛看到了红砖墙下的斑驳岁月，墙上刻画着他们斗争过的痕迹，诉说着属于他们的传奇故事……

爱党爱国 红色传承

福州市宁化小学 吕鸿博　指导老师：许宓

军门社区党员志愿者清洁卫生。　池远 摄

"百货随潮船入市,万家沽酒户垂帘。"在这弥漫着浓浓福州味的市井深巷,有这么一座红砖墙五间排房子,叫作"何厝里"。它曾是中国共产党的地下革命据点。这里竟然诞生了宣传马列主义的"大众社"和传播抗日救亡理论的《战友》周刊,许多领导和同志都曾在这里坚持地下革命工作。

1935年,那是一个硝烟四起、风雨飘摇的年代。何家长子何友恭回到福州组织"中国现代学术研究社福州分社",并逐渐把何厝里发展为福州地下革命据点。随着抗日斗争的发展,"福州大众社"就在这里成立了。1938年何友恭等人还一起创办了《战友》周刊,这是当时一个抗日救亡的刊物。出版条件十分艰难,编印地点就在何厝里何友恭母亲的阁楼上。当时,何家两代共11人先后投身于革命,其中2人还为革命献出了宝贵的生命。何厝里为上下杭历史文化街区烙下了深刻的红色印记,虽然在1993年已被拆迁,但它的传奇将永驻党史,永驻我们每个中国人的心里!

鲜艳的红领巾在我们胸前飘扬,红得那么耀眼,就像是烈士的鲜血在流淌,那是先辈们对我们的期望。正是中国共产党的领导,正是革命先烈的无私奉献,才换来如今没有战火硝烟的和平年代,今天的我们才能安心学习,健康成长。

习近平爷爷曾经说过:"红色基因就是要传承。中华民族从站起来、富起来到强起来,经历了多少坎坷,创造了多少奇迹,要让后代牢记,我们要不忘初心,永远不可迷失了方向和道路。"星星之火可以燎原,青少年是国家的希望、是民族的希望,让我们从小做起,铭记革命历史,传承红色基因,立志成为新时代的好少年!

百年礼赞

有这么一群人，他们在武昌城头点燃烽火的光芒
将觉醒和革命的种子，星星之火，传播四方
有这么一群人，他们挥斥方遒，围坐在南湖的小船上
仿佛一道光，将中华民族的未来穿透、照亮

有这么一群人，他们在南昌打响了武装斗争的第一枪
从井冈山到瑞金，苏维埃的旗帜猎猎飘扬
有这么一群人，他们爬雪山过草地，大渡桥横铁索寒
从闽浙赣到陕甘宁，万里朝圣，来到延安

有这么一群人，他们扬名在层峦叠嶂的平型关
十四年抗战，他们构建起中华民族不屈的脊梁
有这么一群人，他们在黎明前与反动势力发起了三大决战
五星红旗指引各族人民，欢聚在天安门城楼上，

有这么一群人，他们坚守真理，奉行改革开放
人民齐心奔小康，祖国日益现富强
有这么一群人，他们不忘初心，砥砺前行
因为我们，心中种下了中华民族伟大复兴的梦想

福州市乌山小学 刘若兮 指导老师：张学颖

指路明灯

一百年前，一群满腔热血的爱国
志士齐聚
燃起了东方雄狮的傲气
点亮了饱经磨难的人民的心

他们手持火把，昼夜兼程
撕裂那黑暗，只为中华迎来黎明

他们是我们伟大的革命先辈
他们都属于同一份光荣
伟大的中国共产党！

沐浴在党的阳光下
我们就像受到春雨滋润的禾苗
茁壮成长，长成新一代支撑起

爱党爱国 红色传承

福州市麦顶小学 刘佳琳　指导老师：谢一群

中华民族伟大复兴事业的力量

小小的我们，心中却总是怀着远大的梦想
回想当年，
不屈的先烈们穿过炮火，忍受苦难
终于为我们造就这样一个太平盛世

而今，我们迎来了新时代的曙光
看如今的中华如不倒的雄狮屹立在世界东方
我们也有着自己的使命和理想

百年沧桑　风雨兼程
只愿伟大的党一直是中国前进路上的明灯
而我们青年人
更只愿永远追随党的英明领导
以自己一生的奋斗
为我们的祖国铸就美好的明天！

光辉之党

评委老师好,我是来自福州市麦顶小学的许宸睿,我的参赛作品是《光辉之党》,请欣赏。

2021年是我们祖国建党100周年,回顾这100年的光辉历程,是中国共产党带领我们走向了今天的光明。

100年前,伟大的革命先辈们在嘉兴南湖的游船上建立了中国共产党。今天,我们在党的怀抱中幸福地成长。中国共产党就像一座巨大的灯塔,给千百万长期在痛苦中煎熬的人民,带来了希望之光,结束了中国人民受人奴役的漫漫长夜。

仰望长空,历史的星光依旧闪烁,我们中国古老而辉煌。那是曾经的丝绸之路?那是曾经的苏武牧羊的北海?不,那是悠悠岁月的见证。然而,鸦片的灰烟腐化了古老的斗志,失去人性的猖狂的帝国主义,敲碎了中国人的梦。家园被残忍地糟蹋,人民在给帝国主义当牛做马,孩子在撕心裂肺的哭喊……

是谁站起来了,抱着哭泣的孩子,挺着胸膛,走到人民面前。是谁犹如一团火,那火燎原,它在燃烧,它在沸腾中国身上亿万个细胞。他们奋斗,他们在呐喊,他们在唤醒这头沉睡已久的雄狮,是中国共产党!中国共产党实现了中华民族的伟大复兴的世纪梦。

我的展示结束,谢谢。

党的光辉照我心

连江县启明学校 孙睿宸　指导老师：滕彬

光阴流转，四时更替，
100周年的历史，
新征程召唤新的奋斗。

1921，中国共产党扬帆起航，
在革命浪潮中成长。
开天辟地，势如破竹，
推动了轰轰烈烈的大革命。

1927，南昌起义，
打响了武装反抗的第一枪。
竖起的党旗，
飘扬在中华大地上。

枪杆子里出政权，
中共高举"工农革命军"的旗帜，
五角星与镰刀、斧头相辉映。

福州市第十四届福州合唱音乐节，小茉莉合唱团童声合唱《唱支山歌给党听》。

星星之火，可以燎原，
28年艰苦卓绝的奋斗，
中国人民站起来了！
新中国犹如一头觉醒的雄狮，
在亚洲大陆上咆哮！

中国共产党成立100周年，
历经百年巨变，
成就了一个繁荣富强的社会。
让我们重温党的历程，
感受党的雄伟，
坚定自我目标，砥砺前行，
让东方巨龙飞得更远、更高！

让我们永远记住这一时刻——1921，
党的光辉照着我们的心，照着我们的心……

爱党爱国 红色传承

回望眼 恰是百年风华

福州市钱塘文博小学 李佳静　指导老师：程少华

一湾面湖，一艘船，一段激情澎湃的岁月。百年前南湖的红船上，改变中国历史的一幕正在上演，13名中国共产党党员庄严宣誓：为共产主义奋斗终身！

因为这份誓言，无数的革命先烈前赴后继、英勇战斗。他们不怕牺牲、不畏艰险；他们坚贞不屈、死而后已；他们砍头不要紧，只要主义真。李大钊、方志敏、赵一曼、杨靖宇、江竹筠……千千万万个党的优秀儿女，为了革命事业献出了自己宝贵的生命。

敌人的屠刀可以砍下革命者的头颅，但浇灭不了他们心中的信仰，正如夏明翰烈士的宣言"杀了夏明翰，还有后来人"一样。一个革命者倒下了，千千万万个革命者站了起来。

百年党史路，百年斗争史。共产党员们已经把自己的生命烙印到了共和国的荣光里，不管是白色恐怖、反革命大屠杀，还是抗日战争、解放战争，再多的苦难，再多的牺牲，都打不垮他们心中的斗志。

和平年代，党并没有躺在功劳簿上，反而不断砥砺前行，不断躬耕自省。"哪里有困难，哪里就有共产党员"已经成为人民共同的心声。九八大抗洪、汶川大地震……只要有人民需要的地方,就有共产党员的身影。他们还化作了橄榄绿、白大褂、红马甲、警服蓝,穿梭在抗击疫情的最前线,向世人展现出了疫情防控的"中国力量"。

百年的征程,百年的奋斗。他们把清澈的爱留给了祖国,让红旗更加鲜艳,让光明更加耀眼,让盛世中国更加富强。

回望眼,恰是百年风华;抬头看,仍在披荆斩棘。我是党的新一代接班人,正在焕发着勃勃生机。我想接过毛爷爷那段壮志凌云的号召:"成千上万的先烈,为了人民的利益,在我们的前头英勇牺牲了,让我们高举起他们的旗帜,踏着他们的血迹前进吧!"

各行各业代表齐聚琅岐红光湖畔歌唱祖国。 池远 摄

红日东升

旭日的阳光映满苍穹，蔚蓝的天空载来希望，轻风奏叶，吟诵中华上下五千年的风华正茂。然而，回首眺望过去曲折的路程，远没有这么美好，你看那鲜血染红的旗帜，包含着多少故事的风雨与沧桑……

福州格致中学鼓山校区 杨月芝 指导老师：施宣宣

　　火焰的红光照亮了昏暗不清的夜晚，机枪、炮弹的响声充斥在战场上。鲜血染红了大片的土地，一片惊心的红。美军的机枪又响了起来，一个人影却毅然跃身而起，张开双臂，用胸膛堵住了美军正疯狂扫射的枪口！用自己的年轻的生命为部队冲锋扫清了道路！子弹射穿了他的胸膛，斑斑血迹混杂在满是血色的地面，分不清哪些是他的，哪些是别人的。如今，他的血染上了国旗的一角，他的名字已深深刻在我们的心里——黄继光，一位已经身受重伤却凭借坚强的毅力一跃而起的战士。

　　拿破仑说过：中国是一头沉睡的雄狮，一旦醒来会发出无可比拟的力量。现在，它醒来了，短短几年，麦浪翻滚、高楼林立、山川锦绣、科技发展！

　　随着人们的满心期待，载着工作人员的一片心血，浓烟缓缓升起，跳跃着的火焰托起火箭，穿过云层，直冲云霄。荧幕上，漆黑的幕布笼罩着漫天的星辰；荧幕下，掌声、喊叫声、欢呼声连成一片。这不只是一次火箭发射，还意味着中国共产党走上了一层新的台阶！

不少人已经热泪盈眶……祝融号登上了火星，火星的尘土氤氲在四周，透过脂红色的尘土，看到一个蔚蓝色的星球，微云缠绕，好似蒙上了一层薄纱，纯洁无瑕的蓝，映着绿色，充满了生机。祝融，一个多么美丽的名字，寄托着美好的愿望，寓意着燃起中国星际探测的火种，逐梦星辰！

回首往事，中国共产党100年的风雨历程，100年道路漫漫，沧桑几度。但，因为有这100年的艰苦卓绝，100年的奋发图强，100年的蓬勃发展，才有今天的朝阳！

感恩有你

"没有共产党就没有新中国……"这是一首14亿中国人都会唱的赞歌。是的，没有共产党就没有中华民族的伟大复兴，没有共产党就没有人民扬眉吐气、安居乐业的幸福生活。

福州市鼓楼第一中心小学 杨昌海 指导老师：沈贡萍

拳拳赤子心，殷殷桑梓情。历史充分表明，只有中国共产党才是全心全意为人民服务的党，才是真心实意为人民谋幸福的党！1976年唐山大地震、1987年大兴安岭林火、1998年洪水灾害、2008年汶川大地震、2020年新冠疫情……灾害面前，党员为先，一方有难，八方驰援。感恩有你，中国共产党。

冲锋在最前沿，战斗在第一线的中国共产党员，他们的身影不禁让我打开了记忆大门，想起了爸爸和我说的往事。

那是1995年的4月1日，刚刚参加工作的爸爸突然接到邻居打来的电话，家中着火了！等他慌忙赶到现场时，眼前已是一片火海汪洋。耳旁传来的是奶奶撕心裂肺的哭喊声："我的厝啊！我的厝！"爷爷奶奶省吃俭用一辈子攒下的积蓄，买下的家电，全部化成灰烬。不幸中的万幸，一家人平平安安没人受伤。一无所有、无家可归的一家人，如雕像般僵硬地呆呆地望着眼前的一片废墟。闻讯赶来的市领导握着奶奶的手说:"依姆,不要难过,不要着急,房子没了,还有党,还有政府,你们的难关党会和你们共度。"从解决临时住房、安排食堂用餐、送来生活用品到房屋重建,无一不体现着党对我们老百姓的关爱。感恩有你,中国共产党。

　　羔羊跪乳,乌鸦反哺,作为新时代的少年,都应当带着感恩的心,努力学习,报效祖国。正如我写的诗一样"千里直上云飞扬,万卷诗书心中藏。论古说今天下事,振兴中华少年郎"。壮志在我心,我将紧跟党的脚步,做一名有理想、有担当的新时代接班人,以实际行动回报党,回报祖国!

爱党爱国　红色传承

血战降虎

在长征前夕,为保障中央红军主力,军委会决定,以红军第七军团组成抗日先遣队,北上开展抗日民主运动。

福州市秀山初级中学　吴昱锦　指导老师:张县明

建党100周年福州市第十四届福州合唱音乐节,福州滨江合唱团演唱《追寻》。　张旭阳　摄

先遣队于六月份从瑞金出发，他们怀着坚定的信念，走过长汀、连城、永安县内。并于29日夺下樟湖坂渡过闽江，他们本准备向北挺进浙西，但中央军委会改变计划电令先遣队，占领水口，相继威胁，袭取福建。

8月1日，先遣队攻占水口，召开八一大会，红军的出现引发了国民党的注意，于是，国民党调动闽东和闽南的第87师，准备阻截先遣队。2日，先遣队遭到轰炸；7日先遣队抵近福州西北郊；8日，敌军退回福州，不断轰炸先遣队基地，先遣队攻击受阻，于是果断放弃攻城计划。

9日晚，第87师的一个营尾随而来，在这危急情况下，在粟裕的指挥下，英勇的红军战士歼敌100多人，红军战士们骁勇善战，不惧困难，在他们猛烈进攻之下，降虎一线的守敌全线溃散，先遣队在10日下午对天元顶守敌进攻作战，双方伤亡惨重。下午3时，战士们向522团中央阵地猛攻，战士们突入守敌阵地，与敌方誓死一搏，红军战士们前仆后继，一个人倒下了就有十几个人扑上去，他们挥洒自己的鲜血，染红了那面鲜艳的军旗，燃起了中华大地上的革命烈火。

历史不可忘却，这些英雄和烈士更加值得我们铭记，让我们去了解这些烈士和英雄，去向他们学习。

作为新一代的青少年，我们不可因生活舒适便安于享乐，更不可因愤世嫉俗而颓废逃避，应当有家国之担当，焚膏继晷，夙夜匪懈，不成国之栋梁，也应成民族英才。

世纪·少年

福州市第十中学 吴姝辰　指导老师：黄晓琛

历史长河裹挟着久远的回忆向我们奔涌而来，时代的变迁，好似巨浪，又似钟锤，一下下撞击在我的心窝。刹那间，钟声震耳，万鸟腾飞，和平鸽共舞。听，中国共产党的时代正向我们发出号召。

一百年即为一个世纪。这是独属于中国共产党的一个世纪！在这一个世纪中，中国共产党经历了许多风雨，从稚嫩到成熟、从新生到强大、从探索到创新，他在不断地成长、不断地壮大！砥砺前行，初心不变，他的坚毅和果敢不变，他的使命和责任不变，他是风华正茂、意气风发的世纪少年！

世纪少年的韶华是由无数少年守护的。他们怀抱着一颗赤诚的心，无论何时，都永远热爱祖国，热爱党和人民。一腔热血只为华夏！

这便是少年的党，党的少年！

何谓少年的党，党的少年？是陈延年烈士在上刑场时的那句"革命者光明磊落，视死如归，只有站着死，绝不跪下"的铮铮誓言；是大钊先生笔下《青春》中所写"以青春之我，创建青春之国家，青春之民族"的拳拳之心；又是毛爷爷在群众演讲中所喊的"天下者，我们的国家；社会者，我们的社会；我们不说，谁说？我们不干，谁干"？的肺腑之言。

彼时，他们的心燃满热血。他们有少年的意志、少年的热忱，少年滚烫爱党爱国的心。他们如何不是少年？

跨越百年，"少年"依旧辉煌，依旧强大，依旧奋进。因为有无数少年在为他的昌盛奋斗着。他的后方有屠呦呦先生和钟南山院士等医务共产党员守护人民健康，有习大大等共产党总领导人引领中国共产党走向更好更辉煌。

中国共产党，是每个中国人心之所向。他将我们的心聚在一起，迸发出强大的力量，正是这股力量让中国人挺起胸，昂起头。谢谢您，我的党！您是我们的指路明灯，引领我们走向更民主、更和谐、更平等的理想社会！

旭日东升 光芒万丈

福州市亚峰中心小学 何言芯　指导老师：陈巧蓉

我想问大家，你们觉得什么是希望？在数九寒冬时的希望是春日暖阳，在烈日炎炎时的希望是秋日凉爽，在孤独时的希望是陪伴，而面对黑暗时的希望就一定是旭日东升。

100多年前，面对国家和民族最黑暗的时刻，一批又一批的爱国青年挺身而出，奏响了浩气长存的爱国主义壮歌，燃起了中国的希望。

在福建福州，中共福州地委第一任书记方尔灏率先站了出来。他领导工人、农民、学生等，积极开展反帝反封建斗争，把福州地区的革命活动推向高潮。后来方尔灏被捕，在被押往鸡角弄刑场的路上，与同车的战友一同高唱《国际歌》，高呼"中国共产党万岁！"最终慷慨就义，血洒刑场。100多年前无数这样的青年前赴后继，驱散黑暗，带来光明。

习爷爷说过："国家的希望在青年，民族的未来在青年。"即使在这和平年代，他们也总是在国家和人民需要的时候，坚定地扛起了责任。

武汉疫情暴发，援鄂队伍中，90后、00后的医护人员过万，筑起了一条年轻的抗疫防线。

今年河南暴雨，一位00后消防员，连续救援10小时后中暑倒地，醒来第一句话却是问："队长，我是不是给你丢人了？"不久前，一个莆田医学院几百名学生奔赴抗疫一线的视频格外打动人心。

我想问他们，你们怕吗？

是啊，怎么会不怕。

在病毒，灾难面前，恐惧是人之常情。但义无反顾的挺身而出是他们为国为家的赤子之心支撑起来的勇气。他们在这个时候让我们看到了何为青年之担当。

从1919年的五四运动到现在，这些中国青年，演绎着每个时代的最强"音"。从嘉兴红船上的呼号，到新世纪永远冲锋在一线的青春力量。因为看到了他们，我们坚定地相信国家的未来会更加强盛。

作为新时代的少年，我们要以此为榜样，怀着同样的追求，捧着同样的恒心，带着这股坚定不移的爱国力量，不断向前，成长为有担当、有理想的中国青年！

新的百年，让我们一起成为照亮中国的太阳，光芒万丈！

跟党走
做新时代的小主人

"江山如此多娇，引无数英雄竟折腰。"这是毛主席写的一句词。这句词说明了我们伟大的祖国正在飞速的发展、繁荣、强大。

我的外公是一名老党员，我从小就爱听他说关于党的故事。听外公说，在他们的那个年代呀，中国非常落后，人们的生活非常穷苦，每天吃不饱穿不暖，住的也是木结构的民房——苍霞棚户区。就是因为有党，有那些不怕困难不怕牺牲的英雄打造了我们新中国的今天。

苍霞棚户区那是福州典型的旧城区，道路坑坑洼洼，房屋年久失修，居住条件十分恶劣。外公清楚地记得在2000年7月2日那天，天气十分炎热，我们敬爱的习主席那时任福建省省长衣着朴素地来到了棚屋区，他走得满头大汗。习主席说："只有选在最热的天来棚屋区调研，才能亲身体验到群众的疾苦。"他走街串户亲切地与人们面对面交谈。一年后，对，一年后！这里的人们住上了新房。现在的道路整洁宽敞，社区鸟语花香。老人们在小区健身聊天，孩子们嬉戏玩耍，多么幸福。

福州市华侨小学 宋许钰凝 指导老师：吴姗姗

爱党爱国 红色传承

听到这里我心潮起伏"没有共产党就没有新中国",没有他们就没有我们祖国今天的富强和我们的幸福生活。我为祖国骄傲为祖国而感到自豪!

"少年强则国强!"祖国的强盛寄托在我们一代又一代的少年身上,我们是新时代的小主人,我们应该发奋图强,努力学习,跟着党走,坚定不移!

安民巷里,同学们在新四军驻榕办旧址参观。

爱党爱国 红色传承

福州华侨中学 陈生禹 指导老师：陈诗缘

百年传承的纽带

老家有一棵大榕树，每次站在下面，看着笔直光滑的马路，我都会感到十分自豪。

记得一次饱饭后，我坐到了树下。不一会儿，天空就被火一般的颜色覆盖。走回家的路上，总是会经过一座十分老旧的土地庙，小时候，我经常和奶奶一起来，所以印象深刻。那次，我的思绪随着这座土地庙回到了几年前。

那时，我们的国家并不强大，我的家乡没有高大的楼房。交通也不发达，路上坑坑洼洼的，人们走路都很困难，摔倒是常有的事。本为丰收年景的田野中，各种植物疯长，全无收获的气息，似是无人打理的不毛之地。就连村中留下来的古桥，也是满是垃圾。

就这样，有许多人都离开了自己的家乡。但也总有人会想出办法，带领着这个小整体继续前行。

后来，我们采纳了建议，开始着手修路。大伙儿踊跃参与，不管是刮风还是下雨，不管任务多么艰巨，他们总是起早贪黑，风雨无阻，任劳任怨。记得当初村中的动员是说："辛亥革命的时候，多少革命党人为了反对封建主义奉献自我;中国共产党在内外敌人的封锁阻挠下仍能自己动手,丰衣足食;多少好汉的牺牲,是为了让人民过上好日子。最后,我们胜利了,但是,他们的成果,难道能够糟蹋在我们手上吗?不要辜负了他们的付出,我们也要自己动手,改善生活!"

当马路修建成功时,大伙都不禁淌下热泪,村中年纪最大的爷爷感慨道:"日子越来越有盼头了,以后就能挺直腰杆子啦!"

我深知那指的是我们的祖国。

马路旁就是老石桥,一些苔藓悠闲地躺在上面,底下的池子和马路边的小河连在一起,有些水鸟在桥洞中安家,一切显得和谐宁静。石桥尾,就是土地庙,这座老庙是许多村民的信仰,为了保护它,让它屹立在那,人们可下了不少功夫。

傍晚的时候如果登上天台,就能看到远方的房屋被火红色的晚霞包围。放眼望去,红辉洒在了田地之上,已没了杂草,只有金黄色的、鲜红色的。

这是对祖国一小角的成功建设,我从中体会颇深。这靠的是村民们坚持不懈,吃苦耐劳,团结互助,无私奉献的品质。我们的美好生活是在各地许许多多像大伙儿这样的前辈们给予的,是他们齐心协力,铸就了今天中国辉煌的局面。虽然很多前辈都已经离开了我们,但他们的精神是我们的光,这光是纽带,会一直传承下去,并再度发光。这纽带不仅仅指引我们前进的方向,还赋予我们与黑暗斗争的资本!这就是人民团结所向,中国共产党的力量。

"吃水不忘挖井人"
——幸福生活报党恩

福州教育学院附属第三小学 陈丘儿　指导老师：王佳雯

"没有共产党，就没有新中国……"每当听到这首歌的时候，我心中就产生了一个疑问：中国共产党到底是什么？为什么没有共产党就没有新中国呢？

今年，我们学校开展了"百年光辉历程，全面建成小康"为主题的爱国读书活动，我读了一些关于中国历史和中国共产党的一些书籍，知道了中国共产党成立于1921年，到今年正好是100周年。我被那本《中国近代史》深深地震撼，从书中那些惊心动魄的故事中了解我们的祖国原来是那么的贫穷，人们的生活是那么的困苦。自从有了中国共产党，人们的困苦生活翻盘了，过上了好日子。

现在，我从书中知道了伟大的毛泽东光辉的一生；为了科学不计较个人利益的钱学森、邓稼先；中国改革开放和现代化建设总设计师——邓小平……这许许多多中国共产党的杰出人物，他们为新中国做出了巨大的贡献，换来了我们今天的幸福生活。

今天,我们的祖国发展得越来越好,越来越强大了。1997年香港回归,2008年北京奥运会……中国站起来了!没有什么事能够难住勤劳聪慧的中国人!有艰难我们可以越过,有灾祸我们可以踏过!2020年的那一场突如其来的新冠肺炎疫情,让全国人民恐慌,是中国共产党带领全国人民团结一致、众志成城,打赢了这一场没有硝烟的战争,让全世界对我们刮目相看。

前几天,我在爸爸的书房里看到一本厚厚的、封面红色的书——《习近平在福州》。我缠着爸爸给我讲习近平在福州的故事,爸爸说,习大大在福州工作了17年,在习主席的领导下福州发生了翻天覆地的变化,人们的生活水平提高了,居住环境变好了。福州还被评为文明城市呢!3月24日上午,习大大再次来到福州,看到福州变得这么好,亲切地用福州方言对随行人员说:"七溜八溜,不离福州。"这句话体现了习主席对福州的高度赞美。

这一切,都需要感谢伟大的中国共产党。如今,我们好好读书——少年强则中国强,就是回报党的最好方式。

没有您 就没有今天的一切

福州市台江第四中心小学 陈佳盈

指导老师：陈小英

评委老师好，我是来自福州市台江第四中心小学的陈佳盈，我的参赛作品是《没有您，就没有今天的一切》。请欣赏：

没有您就没有今天的一切，
您是谁，为了谁，
每当耳畔响起这首歌时，我就想起了您，
认识您是在妈妈的故事里，
走进您是在语文书的文章里。

历史车轮滚滚向前，
时间穿越回到100年前，
如果没有那一艘艘南湖的木船，
就没有今天这山河壮丽的风景，
如果没有万里长征的战歌，
就没有今天这丰衣足食的生活。

天安门广场上华灯初上，欢声笑语，
那是因为您。
中华儿女昂首挺胸，扬眉吐气，
那是因为您。
您用甘甜的乳汁哺育了千万的生灵，
您用有力的臂膀推翻了欺压人民的三座大山，
是您使中国逐渐走向了独立。

没有您就没有今天的一切，
没有您就没有今天的幸福生活，
没有您就没有今天的新中国！

烟台山历史风貌区。 池远 摄

泱泱中华 龙咆虎啸

鸦片的硝烟
袭蔓了全中国
虬龙不慎，陷入了泥泽
风击雷磨雨更着
始终不渝沼中踱
国步艰危辛丑年
革命的烈焰满飞溅
人民群众聚凝起了心和念
赤胆忠诚，我们肩并着肩
艰苦卓绝迎曙光
我们的中国共产党
同携手、紧连心、共成长
黄河激涌斗志昂扬
中华儿女的血脉源远流长
欣欣向荣少年郎
祖国发展架高桥
大好河山览花鸟
党旗迎风抖擞飘
党旗下的少年向阳笑
中华母亲上下五千岁
文化底蕴铢积寸累
唐诗宋词元曲
京戏相声评书
不胜枚举，琳琅满目
华夏文明遍地开花
历史的传承
是有了党，有了国，才有了家
少年们接过时代的接力棒
奋勇直激向前闯
我们在党旗下
共成长

我的爱国情

亲爱的朋友们，你们平时使用水壶吗？你的水壶是什么颜色、什么图案的？我相信，一定色彩缤纷、非常漂亮。而有一天，我在家里发现了一个坑坑洼洼、斑驳褪色的绿色水壶，却被爷爷摆放在书房最显眼的玻璃柜子里。我好奇极了，爷爷告诉我，这个水壶曾带着他红色的信仰冲上云霄，在蓝天白云之间，见证了中国空军的发展与传奇。是的，我的爷爷，曾是一名空军，关于那红色岁月的故事啊，他总是念念不忘、记忆犹新。

福州市群众路小学 陈柏熹 指导老师：任彦

上世纪40年代，中国共产党在满目疮痍的土地上建立了新中国。那时的中国，贫穷落后、百废待兴。1949年10月1日的开国大典前夕，空军报告说：我们的飞机只有17架。周恩来总理说：飞机不够，我们就飞两遍！那是中华人民共和国的伊始，而70年之后，空中梯队战鹰猎猎，飞机再也不用飞两遍了。不仅是飞机，全球四大顶尖武器我们都有了。

我们现在拥有着幸福美好的生活，但也不能忘记众多先辈们的奋斗。半个多世纪前，19万多名中国军人满怀报国激情踏上抗美援朝战场，为了我们今天的幸福生活，浴血奋战！当我在电视上看到第八批在韩志愿军烈士遗骸回国的时候，礼兵战士们认真地擦拭每一个棺椁，并覆盖上五星红旗，那一刻，我明白了他们本是一个个平凡的人，却为了祖国、为了人民英勇献身，是我们心中最可爱的人！

而我，作为一名少先队员，应该接过先辈手中的接力棒，努力学习，为祖国贡献自己的力量！

鼓楼新时代好少年党史研学夏令营。池远 摄

党旗映光辉
少年铸梦想

百年沧桑回首望,党旗飞扬领方向,
雄鸡受难困虎狼,镰锤交错映红光,
先辈无畏踏河山,弃血舍肉挡危难,
百废待兴大地荒,锤镰先行展希望,
家国为先谋发展,身扛山河挺脊梁,
而今苍茫成过往,党旗所至幸福满。
今朝看我少年郎,华夏有梦待远航,
潜龙腾渊乾坤荡,鹰隼试翼任翱翔,
不负年少意气扬,奋发图强做栋梁。

福州市麦顶小学 陈彦均 指导老师:杨建英

这是我们的百年

我，依稀可以触摸
那远去的风雨和颤栗的龙旗
我，仿佛可以看见
无数人前赴后继、仰起头颅踏碎这死寂的黎明

而最终聚焦我的
是那个远走檀香山、奔波于南洋、西经欧美、东渡扶桑、
凝聚思想、建旗起义、
披荆斩棘、奋勇直前的背影——中山先生

当我
每一次仰头望向飘扬的五星红旗
我就迫切地想告诉您：
这片土地已神圣不可侵犯
这里的人民已富足不再饥寒
这，就是我们的百年盛世
已如您所愿！

当您
第一次从彼岸带来"自由、博爱、民主、法制"的火种

照亮了这片被封建王朝的暗夜笼罩的土地
到今天
14亿中华儿女坚守着"和平、发展、公正、正义、
民主、自由"全人类的共同价值
这，是我们的百年！

当您
发出"驱除鞑虏，恢复中华"的呐喊
在武昌起义的枪声里，挺起了中华民族的脊梁
到今天
我们守护着这片960万平方公里的土地
无论面对什么威胁
都能自信地挺起胸脯
从容地宣告"犯我中华者，虽远必诛"
这，是我们的百年！

斗转星移，沧桑巨变
这是我们的百年，没有负您当年的含恨不眠。
还有下一个百年，
我们续承您振兴中华的宏愿，
乘风破浪、勇往直前，
书写中国梦更恢宏的诗篇！

水调歌头·伟大新中国
——向中国共产党百年华诞献礼

福州市麦顶小学 陈浚昊 指导老师：谢一群

抗御庚子病，
应雪辛丑耻，
革命尚未成功，
同志需努力。
先驱探寻共和，
壮士前赴后继，
谁能救中国？
共产党宣言，
指明前进路。
反围剿，
驱日寇，
抗美帝。
无数先烈热血，
染红山河泪。
"可上九天揽月，
可下五洋捉鳖，
谈笑凯歌还。"
百年兴中国，
世界看东方。

向林祥谦烈士雕塑鞠躬。 池远 摄

传承红色文化 续写百年风华

百年之前，一艘小小的红船承载着希望的种子在嘉兴南湖上飘摇；百年之后，我辈乘着巍巍的时代巨轮在世界的浪潮中劈波斩浪，扬帆起航。党，是人们幸福生活的奠基者，更是中华民族的精神脊梁。党的精神，百年前如何驱使着千千万万的好儿女同外敌拼搏，百年后也应当如此鼓舞着新时代的好青年走向更高更远的世界。

福州第十中学 陈筠云 指导老师：谢秀金

爱党爱国 红色传承

传承红色文化，当永远将历史铭记于心。你可曾记得南京大屠杀中死去的30万人民，被杀绝的23户人家；可曾记得那些因所谓的"科学研究"而丧生的数千百姓？你是否忘记赵一曼的守口如瓶，被敌人的酷刑折磨九个月之久，仍旧不肯将党的情报透露分毫，坚守着"未惜头颅新故国，甘将热血沃中华。白山黑水除倭寇，笑看旌旗红似花"的誓言；是否忘记黄继光死死堵住敌人枪口，为部队阻挡枪林弹雨的身影；是否忘记邱少云那被火焰炙烤的身躯纹丝不动地伏在草地上，只为了不让计划因他而失败……我们不该忘记屈辱而悲壮的历史，更不该忘记先辈们为国捐躯,舍生忘死的精神品质。历史便是红色文化的发源地。我们应该将红色文化长久留存下来,让它成为新时代青年们奋斗的标杆。

传承红色文化,当以躬身入局的实践来把握现在。文化的传承,留给后人的不仅是物质的财富,还有精神的食粮。最好的传承便是付之行动,让红色文化发扬出去。张桂梅老师在贫困的山区为女孩们撑起学习的一片天,便是发扬了红色文化中的艰苦奋斗精神;白衣天使们放弃了安宁的生活,而投入到国家的抗疫中去,站在前线冒着生命的危险挽救一个个生命,便是发扬了红色文化中的奉献精神。他们不需豪言壮语,却能掀起撼人激流,无形中将红色文化发扬光大。

传承红色文化,更应当目光长远,展望未知的将来。红色文化就如同东方的一簇烈火,生于忧患之中,经过时光的磨炼,岁月的洗礼,愈烧愈旺,它的光芒便照向四方。但如今虽然盛世繁华,我们却不能掉以轻心,面对隐藏的危机,面对充满未知的将来,我们应勇于面对,勿忘国耻,恪守本心,将自己的生命投入到奋斗和奉献之中,更加努力地发扬中国,未来的红色文化定会延续其灿烂的光辉。

"星星之火,可以燎原。"毛主席的一番话,寄托着对红色文化深深的期望,而新时代的我们都应当化作点点星火,14亿人民团结一心,共同将红色文化传承下去。

泱泱华夏,一撇一捺皆是脊梁;神州大地,一思一念皆是未来;浩浩九州,一文一墨均是骄阳。生于华夏,是你我之幸。共庆党的百年华诞,我们必当传承红色文化,续写百年风华!

国旗·军章·赤子心

伟大的抗美援朝战争，抵御了帝国主义侵略，捍卫了新中国安全，保卫了中国人民和平生活，稳定了朝鲜半岛局势，维护了亚洲和世界和平传承。

——习近平

我的太爷爷是祖国的同龄人，曾经是一名抗美援朝的志愿军。太爷爷总喜欢声情并茂地讲述战场上的英勇事迹，红色故事伴我成长。

记忆中那是个阳光明媚的下午，太爷爷斜卧在屋前的藤椅上，慢悠悠地摇呀摇，沉浸在时光的河流里。我兴冲冲地进屋，迫不及待地翻找。可是，有一个抽屉被上了锁，怎么拉扯，都打不开。我不禁对这抽屉里的东西浮想联翩：一把手枪？一个手雷的空壳？一盒子弹？或是……我在屋内的大动作惊扰了正在沉思的太爷爷，情绪激动的太爷爷步履蹒跚地走进屋。好奇心驱使我更想拉开抽屉，一探究竟。谁知太爷爷伸出那双龟裂的大手阻止我，语重心长地说："小逸，抽屉里的不是玩具，这是'记忆'也是'变化'。"我似懂非懂地点了点头。

疑惑的我继续央求着："太爷爷，您就让我看看吧，我一定会将它们视为宝贝的。"许是这句话触动了太爷爷的心，只见太爷爷打开红绸布子，掏出一把古铜色钥匙，小心翼翼地开锁。里面并没有我期盼的模型枪与弹药，只有一面褪了色的五星红旗和一件挂满了军功章的军装。一个个军功章上的灰尘被涌入的风吹起，露出了亮眼的光芒。我打开旁边一个精致的木匣子，捧起一个印着"中国成立70周年"的纪念章。闪亮的金色花纹做外圈，里面镶嵌着鲜红的底色，那红得耀眼，似乎提醒着我：铭记这胜利的代价是用鲜血换来的。我不禁鼻子一酸，墙上那张泛黄的合影，那面五星红旗，那一枚枚军功章，那匾"光荣之家"称号，这些不都是太爷爷的一颗赤子真心吗？

聆听着一个个感人肺腑的故事，凝视一幅幅饱含岁月印记的图片，仿佛对抗战时期的艰苦岁月和战火硝烟身临其境。正因为有千千万万个像太爷爷一样的英雄，才有了中国的不断崛起，才有了我们安居乐业的生活。

正所谓"少年强则国强"，我立志奋发图强，努力成长为能够担当民族复兴大任的时代新人。

坊巷文化红色传承
民族复兴我辈当先

"正阳门外琉璃厂，衣锦坊前南后街。"作为榕城的"老住户"，我一直扎根在三坊七巷的巷头。这一站，就是几百年。

犹记得，我还是株小树时，三坊七巷里的人群每天来来往往。在这里，涌现出了一批批仁人志士。沈葆桢从我面前走过，留下一句："走，去马尾！"之后，树下的人们最常谈论的就是"船政学堂"与那里的英雄儿女。严复是一位两鬓斑白的老人，他会英文，还翻译了一本《天演论》。还有一位年轻人林觉民，我记得他青春的脸庞写满了坚毅与柔情。一封手帕上的《与妻书》从广州来到这里……

时间斑驳了黑瓦白墙。三坊七巷的楹联和牌匾旧了、坏了。因为风吹雨打，木头渐渐腐烂，房子渐渐空了，"嘎吱嘎吱"的声响，成了这里最后的喘息。我的心揪成一团：旧日繁华的坊巷就这样被高楼大厦取代了吗？我多么想有一支笔，记录下这二百余年来我的所见所闻；我多么想有一张嘴，告诉过路的人们，这儿曾经的故事……

一本《福州古厝》印入我的眼帘，序言上有习近平总书记深情的话语："保护好古建筑、保护好文物就是保存历史,保存城市的文脉,保存历史文化名城无形的优良传统。"

我挚爱的榕城坊巷又回来了!围绕在老房子身边的,还有一群孩子。他们最大不过十二岁,最小不过七八岁,穿着红马甲,戴着扩音器,为过往游客讲述那一段段我熟悉的老故事……在他们眼里,泥会融,花愈艳,草更绿,那是对家乡历史满满的自豪。那份文化的自信,如盘虬的树根深深扎入孩子们的心中。

我期待看见,榕城的未来在这代孩子的手中变得更美好。

这里——我还愿再站几百年。

一座三坊七巷,半部中国近代史。

在这里,"苟利国家生死以,岂因祸福避趋之"刻入每一位闽都儿女的心碑,成为不朽的红色记忆。

在这里,摩挲百年古厝的黑瓦白墙,铭记国家兴亡的历史风云,凝聚为中华民族复兴的伟大力量。

在这里,习近平总书记的叮咛仍不绝耳畔,守护福州文化的骄傲,传承英雄先烈的精神,发奋读书,立志报国,为国为党的新征程不断奋进是每一位新时代少年的使命与担当。

建党百年天地新
百年党恩记于心

每一天从睡梦中醒来，每一天从阳光中醒来，每一天我们都被温柔以待……今天的我们，就是幸福满满的我们。可是，每每翻开中国近代史，看到那段屈辱和饱经沧桑的历史，我便忍不住莫名心痛，心痛那段尘封的岁月，充满了血泪和屈辱；给我们留下了难以磨灭的屈辱和创伤。

国虽破，山河犹在。面对破碎的山河，面对列强的肆意掳掠，多少爱国志士梦寐难安，前赴后继地寻找富国强兵之路，从"不拘一降人才"的呐喊，到"虎门销烟"的决绝，从"百日维新"的发起，到"辛亥革命"的爆发……他们无一不是为中国的命运苦苦挣扎，为中国复兴之路而上下求索。

然而，日复一日，年复一年，人间正道依旧沧桑。直到，直到100年前七月的那天，中国共产党的诞生——给黑沉沉的神州大地，给古老的中华民族带来了光明与希望，他带领着中国人民以星星之火燎原之势，以敢教日月换新天的勇气和豪迈，扫荡了土豪军阀，赶走了日寇列强，推翻蒋家王朝，焚毁了专制和腐朽……终于，在一片腥风血雨中建立了

爱党爱国 红色传承

福州市中山小学 郭柳言 指导老师：赖艳红

新中国，在一片欢呼雀跃中开创了新时代。

百年岁月峥嵘，百年征程更是灿烂辉煌。一座座现代化的城市迅速崛起，一个个商厦、高科技企业遍地生花……我们的五星红旗在南极上空高高飘扬，航母舰队在太平洋上自由游弋，神州火箭也带着刚强的气势冲向了太空，嫦娥成功登陆月球，天问一号也成功登上火星……香港回来了，澳门回来了；汶川地震，我们抗住了；新冠肺炎，我们抗住了……中国人民站起来了。

我们常说饮水要思源。是啊，是祖国的振兴，是先辈们的付出，是党带领着我们历经百年艰辛造就我们今天的幸福。作为一名小学生，我为自己的祖国感到骄傲，我为自己是共产主义接班人感到无上的荣光。百年华诞，举世欢歌；百年党恩，我们永远铭记于心。

我爱我的党

1921年7月23号，是个特别的日子
在嘉兴南湖的一艘游船上
特别的你诞生了
这里是你展开征程的新起点
也是我们迎接你、认识你的新开端
自此，你挥斥方遒，指点江山
犹如一道耀眼的光芒带领我们前行
给予我们进行万里长征的勇气
激发我们抗击日本侵略的斗志
扬起我们建立新中国的旗帜
党，是你
谱写了无数的英雄篇章
让我们时刻铭记
党，是你
让我们终于可以在世界民族之林高昂地抬起头
所以我要为你歌唱
唱出你的丰功伟绩
我还要将你铭记

爱党爱国 红色传承

福州市中山小学 黄楚伊　指导老师：周文琴

并将胸前的红领巾高高挂起
因为这是你的颜色,你的化身
是你指引我们向前奋进的方向和动力
我坚信
我们就是沃土里的一颗种子
在你阳光的普照下,细心地灌溉下,无微不至地关怀下
我们将会茁壮成长

成长为像你一样
是有理想、有道德、有文化、有纪律的新青年
去把祖国的明天建设得更加
富强、民主、文明、和谐
去铸就新百年的光辉未来
我相信
明媚的曙光
终会照耀我们整个祖国
坚定的信念
终会属于伟大的共产党
美好幸福的未来
也终会属于我们华夏儿女
我爱你,我的党
我爱你,我的中国

请党放心 强国有我

爱党爱国 红色传承

福州市南公小学 联合创作（王铭宇、林忆心、石嘉译、李静楦、石凯文、童文杏、李惠娟、陈相） 指导老师：陈张琦、丁鸣

亲爱的老师、同学们：

还记得2021年7月1日吗？这是我们中国共产党建党100周年的庆祝大会。装扮成巍巍巨轮的天安门广场，吸引了全国人民，乃至全世界人民的目光。见证了今天的新中国日益强盛，见证了今天中国人民的自强自信！

在这炮声隆隆中，国旗护卫队的士兵们迈着铿锵的脚步从人民英雄纪念碑走向国旗杆。在这220米的距离里，他们用苍劲坚定的步伐向世人展现了中国日益强盛的气势与实力。在庄严而又神圣的升旗仪式上，我不由自主昂首挺胸，深情地望着电视中的五星红旗缓缓上升。那一刻，我深深地为我的身份——中华子孙，华夏儿女而骄傲，而自豪。

100年风雨历程，100年峥嵘岁月，100年砥砺前行，100年波澜壮阔。有一艘红船载着全中国人民的梦想在南湖启航；有一束光带着华夏儿女的希望在井冈山点亮；有一面镰刀和锤头的旗帜正带着龙的传

人进行着翻天覆地的变革。

　　看，遨游太空的"神舟飞船"、深入海底的"潜龙一号"，气势磅礴的港珠澳大桥，中国女排的10连胜……各行各业，都在奋勇拼搏，为中国共产党100周年华诞献礼。

　　我们是新时代的少先队员，我们是祖国的未来和希望，用辛勤的汗水和努力的耕耘，肩负起建设祖国、富强民族的使命。

　　有一个铿锵有力的声音在华夏大地上回响："我们都是追梦人，为实现第二个百年奋斗目标，为实现中华民族伟大复兴的中国梦准备着；为共产主义事业而奋斗！

　　请党放心，强国有我！

　　请党放心，强国有我！

　　请党放心，强国有我！"

琅岐快闪活动，家长带着孩子歌唱祖国。　池远 摄

爱党爱国 红色传承

一枚党员徽章

一把锤子像是镶在弯弯的月亮上，就是这样一枚徽章，一天上午，我们发现爷爷庄严而又神圣地把它别在衣服的胸口上，平时驼背的他竟然像一名战士般雄赳赳地走出了家门。这是怎么了？我们都很纳闷……等到爷爷回来，我们终于知道了，那天爷爷是去参加建党活动，那徽章上有中国共产党的党徽——镰刀和锤头的组合。

福州教育学院附属第三小学 李梓诺、李梓言 指导老师：倪运萍

锤头是工人的劳动工具，镰刀是农民的劳动工具，它们象征着中国共产党是中国工人阶级的先锋队，代表着工人阶级和广大人民群众的根本利益，这一把镰刀呼啸着，要割断旧世界的一切枷锁；这一把铁锤呐喊着，要砸碎所有的列强梦……

我们的爷爷出生在抗日战争胜利那年，后来考入了哈尔滨军事工程学院，加入了中国共产党。毕业后爷爷去了南海舰队服役，成为一名驻守在我国南疆的军人。爷爷告诉我们：祖国的南疆海域很大、很大，但当时我们中国不够强大，常常被外国人欺负，直到在中国共产党的领导下建立新中国，建设新中国，我们才有了现在的幸福生活。新中国成立后，诸如钱学森、于敏等科学家冲破外国势力，毅然回到祖国，研制了原子弹、氢弹。而今，随着"辽宁号"航空母舰的下水，"北斗"卫星的升空，随着我们国家的军事、科技、经济不断地进步发展，我们终于能在外国人面前高昂起头。

我们深深地明白：没有共产党就没有新中国，我们站起来，富起来，强起来了！

拿破仑曾说过：中国是一只沉睡的雄狮，它一旦醒来，整个世界都会为之颤抖。而今，我们中国已经醒来，正在世界上发挥着越来越重要的作用。

中华民族伟大复兴的中国梦，正大踏步向我们走来，一代人有一代人的长征，一代人有一代人的担当，朗朗乾坤海阔天空，我们许下誓言：听党话跟党走，一辈子做党的红孩子，长大了也要拥有属于自己的一枚党员徽章。

星星之火 可以燎原

一百年前,嘉兴南湖,一艘红船上,一盏纤细羸弱的灯火,燃起了中国革命的星星之火。

从南昌,到井冈山,再到赣南、闽西。

从四渡赤水,到强渡大渡河,再到飞夺泸定桥。

这星星之火,燎原起了抗日的烽火,燎原起了解放战争的烽火,燎原起了抗美援朝的烽火。

这熊熊火焰,焚烧了旧中国的耻辱,淬炼了软弱的筋骨,挺直了山一般的脊梁。

在这熊熊火焰中,我们看见了,视死如归的刘胡兰、坚贞不屈的赵一曼、慷慨赴死的江竹筠……

我们看见了,熊熊烈火里的邱少云、高举炸药包的董存瑞、扑向敌人枪口的黄继光……

一百年来,多少先辈为了新中国,前仆后继,舍生取义,用热血和生命谱写出了一曲曲惊天地、泣鬼神的英雄赞歌!

一百年风雨兼程,说不尽的坎坷沧桑,一百年风云巨变,道不完的

爱党爱国 红色传承

福州市群众路小学 联合创作(陈思苇、刘芯瑜) 指导老师:邓心

辉煌伟业。

　　一百年的光辉历程，可歌可泣，一百年的精神，历久弥新。

　　站在历经沧桑的百年党旗下，谁不肃然起敬？谁不热血激昂？

　　如今，这熊熊的火焰，照亮了中华民族伟大复兴的蓝图。

　　作为新时代好少年的我们，正接过时代的火炬。

　　让我们迈着踏石留印的步伐，坚定地行进在中华民族伟大复兴的大路上，去谱写更璀璨的诗篇！

建党100周年福州市第十四届福州合唱音乐节活动。　　张旭阳 摄

我眼中的您

今年7月1日是您一百岁的生日，我很荣幸参加了县里为您举办的100岁生日文艺晚会，当我唱起"唱支山歌给党听"这首歌的时候，心里无比的激动和自豪。

记得刚刚认识您的时候，是在我四岁时，那时候的我特喜欢和爸妈一起坐在电视前看抗战剧，我经常在电视里听到您的名字，我不知道您是谁，只知道您是个会帮助穷人，赶走坏人的好人。

听外婆说，在她小的时候，饭都吃不饱，饿了就拿地瓜和野菜充饥。后来在您的带领下，日子就慢慢变好了。我心想原来您是帮我们解决温饱的人。然而就在去年的春节，我对您有了更加深刻地认识。

2020年的春节因为突发的疫情而变得非常特别，万家灯火的除夕夜，一场没有硝烟的战争正在打响，"主任，我是党员我报名，我的党龄更久，我先上。"在您的带领下，一张张请战书，一个个鲜红的手印，一句句铿锵有力的表态，彰显了所有抗疫英雄对党的决心。

正是有许许多多这样的您把生死置之度外，冲锋在前，带领着我们披荆斩棘、渡过难关，这时的您是我心目中的英雄，是我学习的榜样。

闽侯县实验小学 程礼烨 指导老师：陈容、黄秋云

我不仅在电视上认识您，我还在学校开展的各种各样的党史活动中认识了您，班会上有您的故事，班班有歌声中有赞美您的声音，现实生活中有您的身影，您的光辉形象已经深深印在了我的心里。虽然你们的职业不同，年龄不同，工作地点也是天南海北，但是你们都有一个共同的名字——共产党；听党话，跟党走，您就是我们前进方向引路的一盏明灯。

园林中心重温入党誓词。 池远 摄

印象南湖——红船

"七月南湖水涟涟，烟雨楼台雨如烟……"嘉兴南湖上有一艘画舫，那是革命的红船。

爱党爱国 红色传承

福州市鼓楼第一中心小学 程源 指导老师：黄薇

初识南湖红船

初识南湖红船，是在妈妈曾经哼起的《南湖的水，南湖的浪》这首歌里，那优美的旋律常把我带到了烟雨朦胧的南湖，从朗朗上口的歌词中我明白了南湖是党的诞生地，红船是革命的摇篮。从此我对这艘神秘的红船充满了无限的憧憬和向往。

再识南湖红船

再识南湖红船是在校长的思政课上，课上校长告诉我们南湖红船的故事。原来在1921年7月，发生了一件惊天动地的大事，中国共产党第一次全国代表大会最初在上海举行。后来，因为敌人的干扰，会议被迫中断，转移到了嘉兴南湖的一条画舫上举行。就在这艘船上，中国共产党宣告成立，这条船见证了党的诞生，因此人们把那艘画舫叫红船。听了南湖红船的故事，我对红船有了无比崇敬的感情。

再品南湖红船

在党的百年华诞红色宣传片中，我重新认识了这艘红船。她不仅是党的革命摇篮，更是一种红色精神。这艘船，洪涝冲不毁，飓风吹不动，地震震不垮。从土地革命，抗日战争，解放战争，到改革开放，到全面建设，她是新时代，更是中国梦，她是一种信仰和力量，更是世界的奇迹。

传承红船精神 扬帆启航

时光荏苒，岁月如梭，历经百年的风雨无阻和茁壮成长，这艘船已经承载着14亿中国人的梦想，沿着一带一路，划呀划，从党的一大划向党的十九大，从中国划向世界。让我们铭记历史，传承红船精神，扬帆启航，努力学习。让她永远成为世界的辉煌。

破晓红日

朝阳从天际磅礴而出，染红了人世苍穹，而最炽热的一抹红化成心尖的一滴血。

爱党爱国 红色传承

福州市第七中学 曾蓓蓓 指导老师：刘新盈

"各位旅客……"随着播报员的声响，我也有所动作，抬头看了眼便是满目山河。我明白这是依恋，对这片红色地界最深切的渴望。过去我从没有过如此强烈的感受，真是应了那句老话，人永远在离开以后才会想念，回忆起过去种种。

要检票了，一个不小心护照卷着张小卡片一起掉在了地上。卡片是去机场路上，一个卖花的小女孩送的，她捧着的是映山红。那时的朝阳刚有一点儿小尖，就像这个充满生机与活力的姑娘，她明晃晃的笑脸上是两朵可爱的红晕，与背后的景致相互照应。也不知是阳光太刺眼，还是这个女孩太耀眼，我不禁地红了眼眶，淡淡的，暖暖的。

收拾了下心情，小心翼翼地将卡片拾起，平整地展开，放入了贴身的口袋。检票的速度很快，不一会儿就要登机了。而眼前的庞然大物，着实激荡起了内心的波澜。这是古人所不敢想象的，也是仅能存在于想象的。更是曾经的旧中国与西方国家差距最大的地方——科技。

党建实践主题公园。 池远 摄

  倘若不是清政府的腐败无能，与落后世界的社会制度，中国不会丧权辱国地打开国门，任人宰割。而归根结底，只有掌握科技力量，才能真正地壮大自己，在国际社会上拥有一席之地。需要重复飞旋的时代已经过去了，现在来临的是面对不公待遇时敢直接坦言外交的中国，这是对世界的宣言书，也是对中国自身的新的挑战。

  而这一切的领导者，是从天安门到天安门，是那条漂泊于南湖的孤船上诞生的中国共产党。几十年间，在党的领导下，中国全面发展经济，扶贫攻坚，为了两个"一百年"而坚持奋斗着，而如今胜利就在眼前，不可松懈，方得始终。

  天空破晓，机翼呼啸地划过云层，割裂出金鳞斑驳。日出江花红胜火，东方这条潜伏的巨龙伺机而动，亮出自己的利刃。

党的颂歌

一九二一不寻常，
红船南湖来起航，
铁锤镰刀高飞扬，
迎来中国共产党，
乘风破浪把舵掌！

武装起义打得响，
土地革命把身翻，
驱离倭寇保家乡，
解放战争斗志昂，
革命事业代代传。

科技兴国把路闯，
两弹一星架脊梁，
杂交水稻民生强，
万里高铁路顺畅，
航空神舟游九天。

脱贫攻坚奔小康，
共克时艰战新冠，
党的雄光高万丈，
民族复兴万家欢，
华夏大地创辉煌！

福州市麦顶小学 楚钰宸　指导老师：范丽平

感受时代脉搏
激发奋进动力

福州第十八中学 赖嘉玥　指导老师：黄永虹

从1921到2021年，中国共产党已经奋斗了一百年。回首往昔岁月，无论是在泥淖中的挣扎，还是在苍茫大地上的奔跑，抑或是在天空中的搏击，百年征程波澜壮阔……

回想最初的日子，共产党紧握斧子，有隐忍的双眼，紧抿的双唇，如铁的臂膀，他展望未来，开拓前路，迈出第一步。那时，他是混沌中诞生的璞玉，找寻着能人巧匠的雕琢。艰难开拓的岁月中，共产党是一位勤恳的农夫，肩扛锄，撸起袖子，在田中伛身劳作，一粒粒充满希望的种子埋藏在泥中，蕴含着跃动的生命，不知何时发芽。春雷、春雨无法摧垮他，反而使他更加猛烈地抽枝。

"总为浮云能蔽日，长安不见使人愁。"一阵劲风刮过，天边酝酿着滚滚凶雷，蛰伏着一场暴雨，此时，正是狂风四起，八方动荡。有各样的思想急于展示，有澎湃的激情想要抒发，有呐喊的声音就要从喉间迸出……辛亥革命打响了！那第一声炮声在1911年10月10日，武昌起义打响。那段岁月，田地里几抹绿意探了头，微微露出棱角与后劲……

参观二七烈士纪念馆。 池远 摄

近十年后，中国共产党诞生了！

"为有牺牲多壮志，敢教日月换新天"，百年来，党领导人民浴血奋战、锐意进取创造了一个又一个奇迹：新民主主义革命的胜利；社会主义革命和建设的成就；改革开放和社会主义现代化建设的丰功伟绩……站起来，富起来，强起来，听，那奋斗的号角吹遍神州大地，历尽沧桑，中国共产党谱写了一部百年的璀璨史诗。

"恰百年风华正茂"，看吧，如今的中国日新月异，在政治、经济、科技、军事等各个领域的成就令全世界瞩目；如今的中国，"江山壮丽、人民豪迈、前程远大"，让我们怀揣实现中华民族伟大复兴的梦想，扬起风帆，跟随着中国共产党奋进新时代。

火光

福州格致中学鼓山校区 潘佳卉 指导老师：陈佳琳

还记得，1921年的7月，嘉兴南湖上，泛着一艘游船；还记得，二万五千里历尽艰险的长征；还记得，抗日战争的胜利；也还记得，1949年的建国伟业。中国共产党像一束火光，在黑夜中一路照亮新中国成长的道路。

1919年马克思主义传入中国，五四运动爆发；在这峥嵘岁月，有这么一批人思想已经觉醒。许多爱国人士积极投身革命事业，力图寻找救国图存的道路，特别是以陈独秀、李大钊先生为代表的一批新青年，至死不渝地奋斗在建党救国的事业中。那是一百年前的7月23日，中共一大的召开，标志着中国共产党的正式成立。希望的火光初现，驾着船只，渐渐驶来。

1934年的10月，时境变迁，国共合作转变为国共对峙。第五次反围剿失利，中国共产党领导的队伍"工农红军"从江西瑞金出发，过雪山、征草地，到达陕西延安。这二万五千里，是湘江之战的惨烈，飞夺泸定桥的惊险，也是巧渡金沙江、胜利会师的"喜开颜"。1935年，遵义会议，挽救了险些熄灭的火光；1936年的胜利会师，转危为安，打开了中国革命的新局面。火光走过漫漫长路,不曾停息。

1931年9月18日,国殇"九一八事变",东北沦陷,三千万同胞沦为亡国奴。日本豺狼般的侵略行径,魔爪伸入祖国美丽的土地！1937年,卢沟桥事变,平津危急,华北危急,民族危急！在这水深火热之中,中国共产党与全国人民齐心建筑抗日战线。四万万同胞惊醒,火光熊熊燃烧,中华民族浴血奋战,一次又一次战胜侵略者。火光,不曾退却,这是守护家国的执着！

中共七大,制定了党的政治路线,选举产生中央领导机关,为争取胜利准备了条件。火光,即将指引人民走向光明大道。1945年8月15日,抗战胜利。火光开始燎原！人民的解放战争,火光再一次维护工农人民的利益,实现民主统一,和平建国。在1949年10月1日这一天,由中国共产党领导的新中国正式成立。东方巨龙,被火光唤醒。

回首一百年历程,火光从未离开。今天,带领全国人民脱贫致富奔小康,实现民族伟大复兴的中国梦,仍需在火光的照耀下,继续照亮前进的道路,努力前行。

百年风云,沧海桑田,却始终没有忘却的,是那艘南湖的游船载来的火光……

初心·为序 向光而行

福州华侨中学 潘煜晴 指导老师：陈诗缘

一百个风雨春秋，一百年奋斗不息，今年7月中国共产党一百周岁了，全国人民无不为之骄傲，为之自豪。在鲜红的旗帜上，一个锤子，一把镰刀交织在一起，代表着中国共产党！没有共产党就没有新中国。

新中国的成立与发展离不开中国共产党，我们在生活的点点滴滴中，要心系祖国，心中有党。比如学校每周一的升旗仪式，当雄壮的国歌响起，全场便肃静，全体师生一同瞻仰着鲜红的国旗冉冉升起，一同奏唱国歌，眼神中透露着对祖国对党的敬畏和热爱。我的哥哥是一名党员，经常看到他打开学习强国手机软件，学习党的知识，聆听党的教诲。有次，我问他："党员一定很辛苦吧，常常要学习这么多知识。"他却笑着回答道："不会呀，我很高兴能成为一名党员。"是啊，党员是一种荣幸，而不是一种负担。党员意味着责任，也意味着其内心对党深沉的爱。听完哥哥的话，我便对党有了更深刻的认识……

很幸运，2021年7月16日，我参加了台江区"党的光辉照我心"新时代好少年党史研学实践活动。活动中，我们走进台江上下杭历史文化街、"苍霞人家"生活馆、古田会馆、闽江红色航线教育基地等，探寻党的光辉历史,感悟百年不忘的初心使命,根植代代相传的红色基因。这次研学不仅让我收获满满,还更加坚定了听党话、感党恩、跟党走的思想信念。

回顾党的历史,一路走来的这一百年里,中国共产党留下了深深的印迹,而这些历史足迹从未被遗忘。翻开书本,那些动人的红色故事仍在书写,《谁是最可爱的人》中拥有爱国主义精神、国际主义精神、英雄主义精神的中国志愿军;《金色的鱼钩》中舍己为人的老班长;《老山界》中乐观坚强的红军战士,都被我们永远铭记。1921年7月1日中国共产党正式诞生了,仿佛一道曙光划破夜空,在空中闪烁,这一天,也被我们永远铭记。

今天,当我看着新闻上外交部发言人站在中国的立场铿锵有力地发声时,当我亲眼看到国外疫情暴发而国内疫情快速有效地得到控制时,当我坐在宽敞的教室里意气风发、激扬文字时,我感受到了繁荣昌盛的力量和国泰民安的幸福,没有共产党就没有新中国,没有共产党就没有我们如今幸福的生活。

忆往昔峥嵘岁月,展未来任重道远!

牢记使命
榜样力量

舍小家为大家
——记黄花岗烈士林觉民

我七岁的时候,第一次来到三坊七巷的林觉民故居,看到了那封写在白手帕上著名的《与妻书》,它静静地躺在玻璃展柜里,耳边有讲解员低沉的讲解。当时懵懂的我只是朦朦胧胧觉得有悲伤弥漫在字里行间,并不能参透其中况味。

今年夏天,我陪着从湖南远道而来的外公外婆又一次去了林觉民烈士故居。穿过那"窗外疏梅筛月影"的回廊,当我仰头又一次与一帧帧灯光下的黑白相片默然对视,再一次细细品读那玻璃柜里力透纸背的遒劲书法,我忽然读懂了它!一种汹涌而来的决绝与苦痛直抵我内心最深处!

1911年4月的一个夜晚,24岁的福州青年林觉民在灯下给妻子陈意映写下这封诀别书,一笔一顿,泪墨齐下:"吾作此书时,尚是人间一人;汝看此书时,吾已成阴间一鬼……汝啼泣之余,亦以天下人为念,亦

福州市中山小学 李若涵 指导老师:林钒锦

游人们在林觉民故居里参观他的铜像。

乐牺牲吾身与汝身之福利,为天下人谋永福也!"这撕心裂肺的天人永隔之痛让我潸然泪下,而那"为了天下人谋永福"而慷慨赴死的毅然与决绝却让我胸怀激荡、久久无法平静!

  那时的中国,已经成了帝国主义倾销鸦片的场所;成了军阀混战的战场;成了被列强瓜分的赌场。泱泱中华,山河破碎,遍体鳞伤,民不聊生,中华民族已面临着亡国灭种的现实威胁!而深知国家现状,决心挽救国家于水火的知识青年林觉民,与其他有着同样报国理想的七十二位青年一起发动了震惊中外的广州起义,虽浴血奋战却终因寡不敌众、全体就义!而正是起义前三夜,在生死抉择之时,林觉民心怀与妻儿老父永别的悲痛奋笔疾书了这封震撼人心的《与妻书》。这个才20

出头、新婚不久的青年"以天下人为念"、始终胸怀苍生,当他选择为大家舍小家而直面死亡时,没有丝毫的退缩和畏惧!

晚风吹梦作秋凉,浴血何来痛国殇。肯为艰难双束手,不胜哀怨九回肠。

这个13岁就挥毫写下"少年不望万户侯"的坚忍青年,毫不犹豫地用一己之躯奋力一搏,用他24岁的生命,向世界诠释了什么是可歌可泣的舍生取义!

历史的云烟轻轻飘过,100多年后的今天,我无数次在清晨的阳光里仰望鲜艳的五星红旗冉冉升起,这晨风中的临风飘举,这让人振奋的血染的风采,是无数林觉民们折戟沉沙、浴血奋战换来的啊!

我们又有什么理由不用自己的热血和青春为国争光、为国旗添彩!

同学们,努力吧!让我们为中华之崛起而读书!让五星红旗永远屹立在世界的东方,傲世苍穹!

于山福州辛亥革命纪念馆里。

火焰蓝 中国梦

福州教育学院附属第一小学 连宸林 指导老师：陈帆

评委老师好，我是来自福州教育学院附属第一小学的连宸林。我的参赛作品是《火焰蓝中国梦》。我的爸爸，是一名消防员。因为工作的原因，不能经常回家，所以有的时候，我对爸爸的印象是"模糊"的。每次想爸爸的时候，我就会想起，爸爸曾经说过："他不只要保护我和妈妈，还要保护好多人。"这时，我仿佛感觉到爸爸就在我身边。

爸爸是我心目中的大英雄，他经常跟我讲消防员叔叔的故事，他回家后还会跟我讲他去灭火救援的真实经历。所以，我对爸爸的印象又是"清晰"的。我从小就喜欢消防车，喜欢看消防故事的漫画书，也梦想着有一天，可以像爸爸一样，做一名勇敢的消防员。

今天爸爸邀请我，去他工作的地方看一看，来到消防救援站，看到消防员叔叔穿着蓝色的训练服，原来这就是爸爸口中的"火焰蓝"。看着消防员叔叔忙碌训练的背影,我也开始想象,有一天我穿上消防救援服,保护别人,保卫国家的样子,肯定特别酷!

停车库里面有好多消防车,威风凛凛地排列着,就像是一个个等待召唤的士兵,随时准备奔赴火场!灭火服和水枪对于我来说又大又重,在消防员叔叔的帮助下,我费了九牛二虎之力才把它穿上。因为叔叔刚训练完,所以灭火服里面还是湿漉漉的,也让我感受到,消防员叔叔的辛苦。

在我心目当中,爸爸就是超人,上天入地无所不能。爸爸说:"平常的刻苦训练,就是为了能更好地保护大家。"他要求我,平常的学习中,也要刻苦认真,做一个勇敢的小男子汉,争取长大后要像爸爸一样,做一个保护别人,保卫祖国的大英雄。我的展示结束,谢谢。

致敬

> "如果后人要撰写历史,他们会发现没有任何词藻能写尽这场灾难的残酷,也没有任何语言能描述人类为生存所付出的艰苦卓绝的努力。
>
> 敬我们这些平凡的人类。"
>
> ——题记

福州市第七中学 何婧姝 指导老师:涂慕晶

2020年,注定不平凡的一年。

在人们期待着春暖花开的到来之际,一场没有硝烟的战争悄然而至。

毫无声息的,疫情席卷而来。一个、两个、三个……感染者越来越多,人们心中的期待也慢慢地消失了,取而代之的是满街的寂寥和人们极度的焦虑与恐慌。

病毒的阴霾笼罩了人们,举国上下,人心惶惶。但总有一群人在危难关头挺身而出,他们是最普通的人,却愿意在危难来临之时逆着人流而上,成为抗击疫情的第一道防线。他们逆着人流,逆着风向,却向着春光与希望。他们不言恐惧,不顾个人安危,穿着厚重的防护服,戴着护目镜和一层又一层的口罩,坚持着三四个小时的工作,不能喝水,不能吃东西,始终与病毒作斗争,救扶着身陷病痛折磨的人们。他们每天

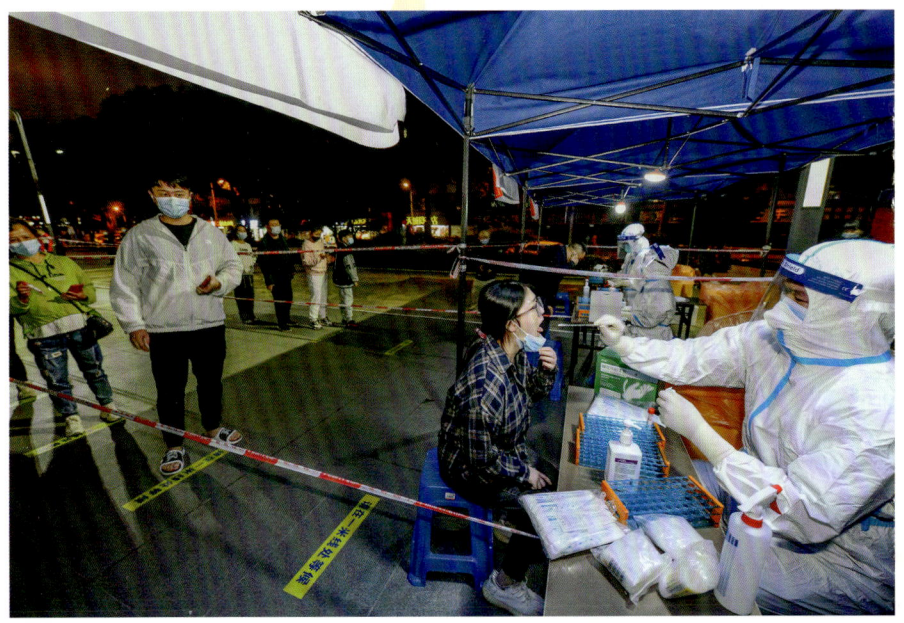

3月19日晚台江万象城旁医务人员连夜给市民做核酸。 石美祥 摄

连续地工作着,累到虚脱……即便是这样的艰难,他们也没有放弃希望。他们的身体里流淌着中华儿女的血液,这血液是燃烧的,是沸腾的。他们同病毒叫嚣着,也在呼吁着人们不要放弃,要努力,向着希望奔赴而去……

  他们是平凡而又伟大的医护人员!

  这不禁让人想起曾为新中国诞生而浴血奋战的战士们,他们为了祖国,为了人民,在这片中华大地上抛头颅洒热血。面对敌人,他们毫不退缩。这正是因为他们的铮铮铁骨之下所流淌着的血液。这鲜红的血液中所含着的,是坚持,是希望,是中华民族骨子里刻下的刚强,是身为中华儿女的自豪和骄傲!正是因为他们心中流淌着的热血,让他们在一场场战役中坚持了下来，获得了最后的胜利，也造就了今天的中国。他们骨子里的热血，留在了这片中华大地上，也流在了每个中华儿女的心中！

他们是平凡而又伟大的革命战士！

今年，是建党的第一百周年。二十八年腥风血雨，七十二年漫漫征程。这一百年我们曾走过绿茵花溪，也踏过硝烟弥漫。中华民族伟大复兴的路上，困难重重，荆棘丛生。但在党的带领下，我们披荆斩棘，我们无所不能，我们跨越着一道又一道难关。我们热爱着这片中华大地，爱它的繁华，也爱它的苍凉。我们将在党的领导下，同这片美丽的土地一起，翱翔万里晴空，直下看山河！

时至今日，我们仍应向那些走在前方为我们保驾护航的战士们，致以最为神圣、崇高的敬意！

3月19日仓山封控区内工作人员正在给回封控区的市民全身消毒。

石美祥 摄

平定风波

1949 年 8 月 12 日，禄家村震耳欲聋的几声枪响打破了宁静，陈定波烈士倒在血泊中，用始终有力的目光意味深长的一抹笑意结束了自己的生命，年仅 24 岁。

回到故事的开始，在一片战火纷飞中，闽侯县出生了一个小男孩，名为陈定波，聪慧过人的他从小就有着不同寻常的天赋，成绩优异、品格端正。

动荡的时局，家园的破灭时时刻刻拨动着他青春躁动的心，就好像意识到自己的使命一样，定波先生这时开始踏上了他的漫漫革命道路。

他天生便有着永不屈服的抗争精神，他从不畏斗争。听闻美军士兵强奸北大女生的恶性事件后，第一时间扛起大旗。身边的朋友劝他不要多管闲事，先生何曾胆怯过，动员同学们参加游行示威活动，我深佩服他的果断勇敢。

他十分关心民众，他深爱着每一个中国同胞。先生在枕峰小学当师时，意识到了农民的苦累，便高举打倒"土豪地主"的旗帜，掀起了一场又一场农民运动，将党的主张深入人心。他还积极发动义务办学，用

牢记使命 榜样力量

福州市秀山初级中学 陈守煜

农民都能听懂的话讲党的知识，关注国家的发展。先生好像总是十分可亲的样子，给人以如沐春风的感觉，这或许就是大爱吧！

《涛声》是他办的报刊之一，我想，我心中的他，就如浪涛滚滚，一路奔腾从未停下脚步。他率真、果敢，努力传递着自己的声音，为国为民为这伟大的红色事业。

"定波"平定风波，生在这动乱无常的年代，先生的名字好像就注定了他这一生的使命——为和平而奋斗，为人民幸福而献身。

定波先生啊，您在那个世界可好？您是否看到新中国的朝阳已冉冉升起了？中国的人民一直是英雄的人民，感谢您的拼搏和付出，红色精神永流传；有我们这一代青年人，敬请期待吧！明天更加美好的中国。

兰之颂

鼓岭深谷　铁骨素心　风露未干
疏梅窗外　两丛淡雅　幽香绵长
不容荆棘　冷眼看
门径有芳　怎堪藏
春风化雨　洗妙颜
打破乌盆　更入山
风云浩气　热血痴狂　不负少年
拨云登高　玉碎黄岗　壮志了然

曾经攀崖　尽忘饥寒　只为见你初妆
梦里　思念冉冉　笔走纸上　墨色浓淡
笑你含苞待放
爱你气节嫣然
繁华尽看　终不比　榕城故里　七巷三坊
神州梦圆　且看我　巍巍旗鼓　两塔一江

福州市仓山区实验小学　陈孙阳　指导老师：宋勤

英雄领航 践行梦想

牢记使命 榜样力量

福州市亚峰中心小学 陈梦婷　指导老师：陈巧蓉

平常的日子，你是否想过什么是英雄？提到"英雄"，大家并不陌生，有抗日英雄杨靖宇，还有黄继光、狼牙山五壮士，这些英雄故事相信大家已经耳熟能详，这些英雄人物早已成为我们崇拜的偶像。

每当我翻开那厚厚的中国历史，100多年前的中国，社会黑暗到了极点，人民苦难到了极点，为了改变这样的现状，一群有着崇高理想的英雄最先站了出来，在嘉兴南湖的小船上创建了中国共产党。从此无数的英雄跟随着党的领导，乘着中国革命的航船扬帆起航，中国的历史开启了全新的篇章。

小时候，我一直以为，为国家雄赳赳、气昂昂走向战场的才是英雄，慢慢地，我对英雄有了新的认识。

在今年建党100百年之际，习爷爷亲自为29名"七一勋章"获得者颁授勋章。他们中有渡江战役中，手臂中弹依然咬牙坚持，6次横渡长江，运送3批解放军成功登岸的"渡江英雄"马毛姐；有40多年坚持与荒沙碱滩不屈抗争的治沙英雄石光银；还有帮助近2000名贫困山区女

市民参观中国航天成就展（福州站）。 　张旭阳 摄

孩圆了大学梦，拖着病体忘我工作的人民教师张桂梅……

是的，英雄可以是顶起炸药包的背影，也可以是放在哪里都生光的一颗普通的螺丝钉。如今，生逢盛世的我们，远离了战火硝烟，无须抛头颅，洒热血，又应该如何书写自己的爱国爱党的情怀呢？

从2020年疫情开始到今天，无数的白衣天使和志愿者们选择了最美的逆行，坚守疫情最严重的城市。今年的东京奥运会，运动员们挥洒汗水，让五星红旗在赛场上一次又一次的升起。他们都是英雄。爱国不是遥不可及，平凡人也可以成为英雄。英雄，不只是用来膜拜，更重要的是要从他们身上汲取前行的力量。

同学们，今天我们已经步入了新时代，嫦娥奔月，蛟龙深潜，天宫对接等重大科技成果相继问世，大家心里一定都非常自豪。这些高科技是要不来，买不来，讨不来的，都是我们一代又一代的中国人用智慧和汗水创造出来的。我相信，中华民族伟大复兴的中国梦，也会在一代代青少年的接力奋斗中变为现实。只要我们始终有信仰，有情怀，有担当，我们每个人都可以成为新时代的英雄。

穿越时空的信函
——致陈延年先生

致陈延年先生：

延年，您好，展信佳。我是在《觉醒年代》的电视画面里认识您的。

先生自幼聪慧过人、刻苦勤奋，长大后，发奋图强、胸怀抱负。在那风雨飘摇的年代，立志为中国的独立、民主，和民众的自由、幸福，奉献自己的一切。

1919年12月，你带着探索救国救民道路的愿望，前往法国勤工俭学，22岁的你意气风发，眼神明亮得像黎明的星星。

1924年夏天，国内革命形势高涨，27岁的你一回国就被党中央派往广州参加工作。他们说，你博学多才、为人正直、办事果断、雷厉风行。而我从仅存的几张照片里，还看到了：你衣着朴素、皮肤黝黑、和工人同吃同住、融入在底层劳苦大众的生活中。在省港大罢工的队伍里，我仿佛看到你走在队伍的最前方振臂高呼，仿佛看到一批批和你一样的觉醒青年迎着光向前方走去，脚下的道路曲折泥泞，你回首一笑说，你无惧生死。

牺牲的那年，你29岁。在狱中，惨无人道的国民党反动派对你用尽酷刑，企图从你口中得到中共党组织的机密。烙铁烙在胸口上、竹签子扎进每一根指尖。你始终咬紧牙关、一言不发，坚守信念、宁死不屈。

福州里仁学校 陈梓涵 指导老师：王庆琳

于是，他们怕了，他们无计可施，把你带到了刑场。伤口在沿途留下长长的血印而你却目光坚定，面对敌人的屠刀昂首挺胸、镇定自若。刽子手用刀逼你下跪，你不！你偏要站着死！你用意志如钢的声音告诉他们：革命者只有站着死，绝不下跪！

　　写到这里，我红了眼眶、泣不成声，窗外的阳光平静、温暖，城市里车水马龙，我们读到的党史故事，是你们的热血青春，而这短短几行字，却是你的一生。

　　很少人知道，96年前，你亲手给一个学生戴上了红领巾，那是中国的第一条红领巾。你告诉我们，红领巾，真的是用鲜血染红的。

　　先生，您看，如今的新中国，在风云变幻中屹立东方，因为，我们代代中华少年都有挺直的脊梁，都有坚定的信仰！

新中国的少年　陈梓涵
2021年12月

寻访身边的共产党员

评委老师好，我是来自福州教育学院附属第三小学五年三班的林俊彦。我的参赛作品是《寻访身边的共产党员》，请欣赏！

老师告诉我们，没有共产党就没有新中国。"找一找你们身边的共产党员吧，采访一下他们，相信大家会有更多收获！"老师对我们说。共产党员？我一下子激动起来，在我的家里，就有两位共产党员！

我的爷爷今年92岁了，以前是福州一中的学生，大学毕业后，参加了解放军，加入了中国共产党，在南京军区当上了一名军官。

上世纪50年代，大部分战士文化程度很低，所以爷爷晚上就为战士们教授文化知识和党的方针政策。没过多久，战士们就可以自己给家里写信了……

解放后，南京军事博物馆成立了，政府号召大家捐献一些珍贵文物。爷爷率先响应——捐出了两枚祖传的大铜钱。

听着爷爷的讲述，我不禁为爷爷点赞。"爷爷，作为党员，我觉得你可以得100分！"爷爷笑了。

　　我的爸爸在公交公司工作，也是一名共产党员。我知道，他一直秉持着"活到老学到老"的理念。平时，他一有空就会登录"福建干部网络学习平台"学习。他还保持着阅读报纸的习惯。我们家常年订阅《福州晚报》。受爸爸的影响，我也喜欢上了阅读这份报纸。爸爸是个热心肠的人。去年我们一家外出旅游，在山上遇到两个大姐姐一路狂奔喊"救命"，爸爸了解了情况，二话没说，冲上半山亭，抓住了欺负这两个姐姐的流氓，后来交到了警察手中。

　　爸爸还有什么事迹是我所不知道的呢？妈妈拿出了一个箱子。哇，箱子中有这么多爸爸的奖状。原来爸爸在福州公交维修中心上班。他还是维修技术骨干呢。为了让每个市民都坐上安心车、舒适车。爸爸不仅培养出了许多优秀的技术骨干，还发明了许多东西。在2010年市总工会开展的"工人先锋号"活动月的"五小发明"大赛中，他带领着团队研发了"发动机安全作业平台"项目，获得了一等奖。2014年，在福州公交集团举行的"我为公司企业发展献一计"比赛中，他的两样作品也分别荣获了二等奖和三等奖呢！

　　"你给我打多少分呢？"爸爸笑眯眯地问。

　　"也是100分！"我脱口而出。

　　"那么你呢？少先队员！"妈妈看着我。

　　"我，我也争取100分！"我坚定地回答……

革命先烈 叶凯

"打倒国民党卖国政府！"

"中国工人阶级万岁中国共产党万岁！"

福州市秀山初级中学 林博轩　指导老师：张县明

高扬的呼声响彻云霄，这是 1935 年 8 月 11 日，叶凯先生在福州西门外英勇就义前的最后一句话。

这是一位鲜为人知的英雄。他出生于闽侯县后屿乡的一个贫困家庭。

当时，叶凯先生的父亲，不得已将他送到福州城内一家鞋店里当学徒。在那，当了三年学徒的叶凯先生，饱受人间苦难与辛酸，好在当时福州市委领导之一的黄晓敏，影响了叶凯先生，告诉了他什么是中国共产党。

那一年，叶凯先生加入了中国共产党。加入中国共产党之后的叶凯先生非常得激动。

我想当您手上的党员徽章闪闪发光时，您一定在思考着日后如何把党建得更好。九一八事变后，您又带着大批的群众建立了抗日救国会。你们一起打土豪分田地，一定是为了党吧！我想，如果不是国民党当时作乱，您一定可以看到红星照耀在中国的土地上。您一定非常得激动吧！但是，谁又能料到，国民党发动了"围剿"。那一年您不得不在当阳山上避难，无数苏区的人民倒于血泊之中，刀光剑影一片火海。那样的场景，您肯定悲愤不已吧！

叶凯先生，坚强的共产党员，您在那里坚持了两个多月。我想那一定不容易吧！可是，可是！那可恶的吴太城！竟然骗取您的信任，将您带到了国民党宪兵团部！敌人冰冷的刑具摆在您的面前。您却丝毫没有恐惧，接受了各种各样的酷刑。在酷刑之下，您依然将党的组织名单和活动地深藏于心。这是多么顽强的人呐！我的英雄叶凯先生！

哪怕只是文献记载，我依然认为您就以前那段坚定的喊话令我震撼不已！在您的身上，是中国共产党百折不屈的精神，是中国共产党坚定不移的信念。安息吧，叶凯先生！

潜伏中的"密使一号"

吴石将军：

您好！第一次知道您，是通过电视剧《潜伏》，因为剧中男主角余则成的原型就是您。2019年，我成为一名三坊七巷的志愿者讲解员，这才知道，您曾经在宫巷住过。

您自幼便是军事奇才，能文能武，是军界的"十二能人"。1944年，因国民党消极抗日，导致您所在的军队屡战屡败，让您极度绝望。于是，您成为一名潜伏者，利用"国防部参谋次长"一职潜伏在国民党内部，成为我党打入敌方内部的最高情报官，代号"密使一号"。

1949年4月21日，解放军百万雄师过大江，国民党千里江防，一触即溃。仅两天时间，南京就解放了。解放军大获全胜，您功不可没。是您冒死提供了一份绝密的长江布防图，为解放军长驱直入创造了绝佳的条件。您就像一把插入敌人心脏的利刃，把一个又一个敌人的核心机密，突破道道难关传送出来。

因叛徒出卖，1950年3月1日晚，您被捕入狱，在保密局监狱里，受

福州市现代中学 林嘉琦 指导老师：罗姹

尽百般酷刑：一只眼睛失明，伤痕累累！当保密局清理您这位"国防部次长"的个人家产时，仅搜出一根金条，称重四两，连搜查的特务也汗颜了。

1950年6月10日，一生忧国忧民、清正廉洁的您走上了刑场。临刑前，您从容淡定，枪声响起……为了毕生追求的理想和光明，您流尽了最后一滴血。

"惊涛拍孤岛，碧波映天晓，虎穴藏忠魂，曙光迎来早！"这是一代伟人为您写下的诗句。或许，过去您的名字，无人知晓，但是，您的功勋，将会永垂不朽。

电视剧余则成说过这样一句话："我们的故事，需要有人听，然后他们再讲给他们的孩子听。"读懂中国，首先要读懂党史。要知道先烈、先贤们的英雄故事……

作为新时代的好少年，作为一个福州娃，我要用自己的力量，将这段荡气回肠的历史，告诉世人，将您的大爱与信仰，永远传承。

传统美德 情谊相扣

福州格致中学鼓山校区 郑欣媛 指导老师：雷清清

在古老的中国,有一座历史悠久的城市——福州,那儿有座小巷子,记载了半部中国近代史。

三坊七巷,白墙黑瓦,火红的灯笼喜气洋洋,来往不绝的人群,为百年老巷带来勃勃生机。

世遗大会上,三坊七巷彻夜通明,它向世界展示了福州独特的人文魅力和历史文化。

电影行业的兴起,取代了传统戏剧演出,偌大的演出厅空荡荡的。闽剧,本是福州方言的活化石,现在却无人问津。

如今在大街小巷、公园、商店总能听见各种潮流的音乐,福州十番却失去了身影。十种乐器,风格粗犷热烈,却不失优雅。清乾隆至民国时期,曾盛极一时,而今却鲜为人知。

三坊七巷人杰地灵,这里一直是闽都名人的聚集地。诗人冰心、"戊戌六君子"林旭、"末代帝师"陈宝琛等,他们让这一块土地充满了

三坊七巷。 池远 摄

永挥不散的灵气。

　　每年农历正月廿九，家家户户煮拗九粥纪念祖先，连幼小的孩子也听过这个故事：古时候有位名叫目连的人，他的母亲生前凶恶，死后下了阴间牢房。目连探监时送去的食物都被看守吃了。他便想到做一碗名叫"拗九"的饭，看着脏，看守不敢吃，才送到了母亲的手中。

　　目连母亲落难时二十九岁，又是正月廿九，所以福建人逢九犯忌，认为"九"是厄难的岁月。

　　在这一天，三坊七巷内有酒楼会向市民们派送热气腾腾的拗九粥，许多志愿者也会为社区居民们送上拗九粥。

不论人们是否相识,但送上一碗拗九粥,足以表达人们对他人、对社会的感恩之情,足以将福州的人们紧紧联系起来。

人人伸出一只手,就可以救一个人。

2009年底,10岁的小于颅内出血,于先生的一个朋友用自己的爱车将他第一时间送到沙县医院,再直奔福州。此时,于先生才想起来自己不熟悉福州的路,不知道怎么去协和医院。

后来,于先生想到自己经常听的福建交通广播电台FM100.7,就拨通电话,说明情况。

当时,福建交通广播电台正在直播一档娱乐节目,在接到求助电话后,立即转为专题类报道,全程跟踪报道于先生一行。随后还联系了高速交警、路政等部门,希望能给于先生一行最大的方便,同时在节目中号召出租车司机行动起来。不久,在多名出租车司机帮助下,小于被送到了医院。临危受命的陈医生刚吃完饭,接到通知,立刻赶到医院,前后只用了10分钟。

若不是出租车司机和电台,小于或许无法保住生命。正是他们的热心帮助,120分钟行驶220公里路程,实现了几乎不可能的奇迹。

鲜血、汗水、泪水浇灌着每一寸土地;笑声、哭声充满空气。手,紧紧相握;榕,盘根错节。爱心遍天下,茉莉香四方。

珍惜

尊敬的领导、老师、同学们：大家好！今天我给大家演讲的主题是"珍惜"。作为一名新时代的少先队员，我既没有经历过战争，也没有经历过苦难。平常家里总是摆满了各种各样的玩具，想吃一根冰激凌或一顿自助餐，来一次说走就走的旅行，都是小菜一碟的事情。我理所当然的以为我们的生活一直都是这个样子的。

然而长辈们告诉我："如今的幸福生活离不开中国共产党的领导！"我一直不理解这句话。直到2020年，我们亲身经历了那场抗疫之战。2020年新春佳节，在这个全家团圆的日子，突如其来的新冠病毒让一切美好按下了暂停键。病毒让大家闻风丧胆、避之不及，可有这样一群人，他们向温馨的新年挥手作别，背起行囊，戴上护目镜，穿上防护服，向武汉出发！共产党领导下的无数医护人员、警察、志愿者和病毒作抗争，和死神作较量，用他们的不懈努力和无所畏惧的精神换来了抗疫的胜利。我明白了：我们如今幸福安康的生活，原来这么来之不易！

课堂上，我了解了董存瑞、小萝卜头、黄继光、邱少云等这些革命先

福州市亚峰中心小学 郑语诗　指导老师：陈淑琴、俞炜

烈的英勇事迹。于是,我懂得了:我们今天幸福安定的生活,也是无数革命先烈们抛头颅、洒热血,用自己的生命换来的——哪有什么岁月静好,只不过是他们替我们负重前行。

  如今,我国航天事业的工作人员也为国家取得了世界瞩目的成果,"神舟五号""嫦娥四号"已在宇宙遨游,今年神州十三号载人飞船,也即将登上茫茫苍穹,为我国航天事业再添辉煌。于是,我醒悟了,我们如今幸福安定的生活也是共产党领导的无数科技工作人员,夜以继日的研究和孜孜不倦地奋斗换来的。

  我骄傲,我生活在这样一个幸福的年代。我骄傲,我拥有这么一个强大的国。同学们,我们要珍惜现在美好的时光啊,祖国未来的接班人是我们,我们的"战场"就是足下的这片土地。我们要始终牢记习近平总书记的殷殷嘱托"为实现中华民族伟大复兴的中国梦时刻准备着"。从现在起树立目标,用我们百倍的努力,学得知识、习得能力、强健体魄、勇于创造、成长为担当民族复兴大任的时代新人!

幸福的觉醒

每个人的心田都种下了幸福的种子,这幸福,或许是生日时收到朋友们赠送的礼物,或许是期末考试得了满分,或许是爸妈出差回家后一个大大的拥抱……而我的幸福时刻则是在看了热播剧《觉醒年代》后,被陈延年令人动容的事迹悲伤着感动着、幸福着、激励着。

陈延年是五四运动总司令陈独秀的儿子,也许,他的名字没有开国元勋那么声名鹊起,然而他却在那个白色恐怖的年代里,用自己短暂的生命为中华民族竖立了不朽的丰碑,成就了革命的伟业!他改变了我对幸福的看法,让我感悟到自己当下的美好生活是多么的来之不易。

闭上眼睛,缅怀革命者显赫的人生,脑海中闪过一片片烈火般的红色记忆。那是一个坚决信仰共产主义,愿意为共产主义事业奉献一切的伟大年代!年纪轻轻的陈延年定下"六不"戒律:不闲游,不看戏,不照相,不下馆子,不讲衣着,不做私交。他把全部的心血留给了祖国的事业,将自身的安危抛诸脑后,为了新中国的未来抛头颅洒热血。他站着就义,从容赴死,用生命照亮了理想。

陈延年的经历改变了我。生活在这么和平安宁的时代,我却总抱怨生活无聊,学习枯燥。要知道,从前的日子吃不饱穿不暖,孩子们没有书读,国破家亡的阴云下,战争的炮火让基本的生存都成为奢望。我们如今的生活,是那个年代的人们不敢期待的梦,有什么理由不珍惜呢?当下的我们真是幸福啊!我们有良好的学习环境,可以坐在明亮宽敞的教室,安心汲取知识的养分。我们在祖国强大有力的庇护下,享受着和平富足的生活。

但是我们永远不能忘记,这一切都是革命先烈们经过艰苦的斗争,付出巨大的牺牲后才得来的。站在他们奋斗的成果上,我们更应该加倍珍惜当下的幸福。

所以,从今天起,我要做一个追逐梦想的人,担当起国家的历史和责任,不急功近利,不彷徨徘徊,我要努力拼搏,用革命精神战胜困难,为中国梦的实现贡献自己的青春和热血!

奋斗的底色

奋斗是腾飞的翅膀，是我们成长的模样。回顾刚刚过去的2020年，历程极不平凡，感悟刻骨铭心。作为新时代的少年，我们应当如何奋斗呢？我想和大家共同分享两个故事。

第一个故事是钟南山爷爷的故事。2020年，一张钟南山爷爷在动车上闭目养神的照片感动了我们，那是2020年最美的逆行。十七年前，他曾坚定地说："把病人都送到我这里来！"十七年后，这颗为人民服务的心始终未改。2020年的春天全中国同心战疫。从白衣天使到普通人，从科学家到社区工作者，无数人将涓滴之力汇聚成磅礴伟力，构筑起守护生命的铜墙铁壁。我作为一名少先队员，现在能够做的只有好好学习，刻苦奋斗，等我长大后，也要接过他们的接力棒，保护我们国家。

第二个故事是中国共产党的故事。今年恰逢中国共产党百年华诞，党的百年历史就是一部不断前行、不断奋斗的历史。百年前，党的一大召开。参加一大的13位代表平均年龄只有28岁，最小的只有19岁，恰是同学少年，他们却都在为国家、为民族的未来鞠躬尽瘁。百年

牢记使命 榜样力量

福州第十六中学 唐浩雅 指导老师：李燕

福州市纪念中国少先队员建队70周年。 池远 摄

福州市纪念中国少先队员建队70周年。 池远 摄

历史风云激荡，回溯往昔历久弥坚。当时参加一大的十三位代表怎么也想不到，最后能坚持下来的只有毛泽东和董必武两个人，这份伟大的坚守，对初心的追求没有丝毫动摇，也正是这份坚守创立了新的中国，给了羸弱的中华民族以崭新的希望。

当我们看到窗外飘扬的五星红旗，我们应当想到战火纷飞中革命先辈们慷慨激昂；当我们坐在教室听着老师传授知识，我们应当想到今天的幸福生活来之不易，应当加倍珍惜；当我们沐浴着时代的春风，我们更应当深刻地领悟和发扬红色文化。

我也有自己的梦想，虽然它很小，但是值得我用一生去奋斗去追求。少年智则国智，少年强则国强，少年独立则国独立，作为新时代的少年，我们更应当弘扬新风貌展现新作为，以咬定青山不放松的毅力，以不破楼兰终不还的勇敢，将个人发展与祖国需要紧密联系在一起，在新征程上书写灿烂的华章。

走进林觉民故居

福州屏东中学 黄靖轩
指导老师：康燕玲、陈洁玲

在福州三坊七巷的繁华闹市中，林觉民故居静静地矗立在那里。它是革命烈士林觉民《与妻书》中提到的杨桥巷故居，也是作家冰心的故居。趁着五一假期，我带着一份崇敬的心情，走进了这座古香古色的宅院。

到了门口，只见深褐色的木质大门上，一边写着"林觉民故居"，另一边写着"冰心故居"，迈进大门里，一眼就能看到林觉民的铜像，铜像年轻俊秀，目光坚定。铜像下方的简介中看到林觉民牺牲时候年仅24岁，令人敬佩不已。林家宅院不大，白墙翠竹，整洁而雅致，大厅挂着一幅"立修齐志，存忠孝心"的对联。

林觉民《与妻书》中回忆到的"双栖之所"——双栖楼，就在大厅的后边，房屋很小，屋内的摆设十分简陋，只有一张床，一个梳妆台，一张书桌和一对椅子，朝北院子里有两尊铜像，林觉民坐在圆凳上，手拿一本书在讲解，妻子陈意映含笑站在旁边认真地倾听。夫妻恩爱，琴瑟合鸣之情，感染了每一位到访的游客。双栖楼南边窗外的墙上刻着："窗前疏梅筛月影，依稀掩映；吾与汝并肩携手，低低切切，何事不语，何情不诉？"

林觉民冰心故居。池远 摄

紧挨着双栖楼的一间陈列室，有一面《与妻书》的投影墙，墙前是林觉民提笔写信的雕像，边上陈列着《与妻书》手稿的复印件。站在这里，我仿佛能感受到那份英雄的浪漫和为天下人谋永福的崇高情怀。

这里特别讲述一下闻名天下的《与妻书》，《与妻书》是林觉民烈士即将就义前在1911年4月24日晚写给妻子陈意映的一封绝笔信，信中这样写道：正所谓，老吾老以及人之老，幼吾幼以及人之幼，我爱你，也希望天下人都能爱其所爱。倘若我死，能激励四万万同胞奋勇而起，我神州大地，定会雷霆九霄！我中华民族，定能乾坤再造！我虽死而犹生啊！

《与妻书》中，有林觉民对妻子的深情与不舍，有关于理想和信念的宣言，还有对危在旦夕的国家深沉浓厚的爱，他告诉我们：没有国家和人民的幸福，就不会有个人的真正幸福！读后令人感慨万千，荡气回肠！所以尽管时隔百年，文章的魅力依然！

离开林觉民故居，我思绪万千！今天，我们生活在一个崭新的世纪，生活在安定和平、繁荣富强的人民共和国，这一切是千千万万像林觉民一样的先烈们用热血和牺牲带给我们的，我们将永远铭记在心中！

何谓英雄

何谓英雄？
这个被很多人问过的问题，
此刻也在我们心中酝酿。
笔尖在纸上写下了两个字——
英雄！

河南郑州——
暴雨如注，洪水咆哮……

地铁中，
洪水漫进了车厢，
水越来越急，
水越漫越高。
一个个勇敢的身影，

3月25日爱心餐饮企业给大儒世家核酸点工作人员送去爱心餐。石美祥 摄

福州市群众路小学 联合创作（吴沁瑶、王晨旸、郑雯佳、陈子姗、张梓柠） 指导老师：郑德容

牢记使命 榜样力量

一道道坚定的目光，
他们——
互相鼓励，静静等待……

救援队来了，
他们——
砸开窗子，疏散人群……
抗洪战士们来了，
他们——
冒着暴雨，加固堤坝、疏通河道……
素不相识的人来了，
他们——
送来物资，慷慨相助……

洪水中——
一个个伟岸的身躯，
为人们筑起生命的长城！

何谓英雄？
他们——就是英雄！

福建莆田，

新冠传播，疫情肆虐……

城市中，
新增人数又添了几例，
心，
越缩越紧。
一个个逆行的背影，
一句句鼓励的话语，
他们——
毫不畏惧，救死扶伤……

医疗队来了，
他们——
不畏酷暑，
给人们做核酸检测……
他们——
顶着烈日，
给人们测量体温……
他们——
白衣天使般，
守护大家的健康……

社区工作者来了

牢记使命 榜样力量

他们——
积极宣传、安抚群众，
防疫工作毫不松懈……
热心的志愿者来了，
他们——
捐赠医疗物资，
贡献出自己的一份力量！

危难中，
一个个舍小家为大家的他们——
为人们点燃希望的火种！

何谓英雄？
他们——就是英雄！

在祖国需要帮助的时刻
每一位挺身而出的人们，
他们都是平凡的"英雄"！
向"英雄"们致敬！

晚报爱心茶摊送清凉小志愿者来帮忙搬水。

石美祥 摄

中山社区，志愿者为老人送上拗九粥。

池远 摄

牢记使命 榜样力量

强国有我
少年强音

一次演讲改变了我

强国有我 少年强音

福州市乌山小学 马瑞泽　指导老师：张学颖

爷爷是个老党员，我从小就听着他唱"没有共产党就没有新中国"。爸爸虽是生意人，却也有着浓厚的家国情怀，就连上大学的哥哥也积极上进，大二就成为预备党员。而生活在和平年代的我虽然知道今天的幸福生活来之不易，却也很难理解当他们谈起共产党时眼中那崇敬又明亮的光缘何而来。直到那次演讲比赛让我有了答案，使我对共产党那模糊的认知逐渐清晰起来。

那是一次以红色经典为主题的演讲，讲述的是长征路上红五军团第三十四师掩护主力部队转移的事迹。没经历过战火与硝烟的我，对战争的了解只是从电视、电影上的浅显认知，要让我用简短的语言生动表达出来，非常困难，于是，爸爸带着我观看了红三十四师纪录片、《血战湘江》等影片，让我的心灵受到前所未有的震撼。那场面是何等的惨烈，炮火连天的战场上，战士们的目光是那样坚定，面对炮火时是那样的英勇无畏，舍生忘死。那只由闽西子弟6000余人组成的绝命后卫师，经过7昼夜的浴血奋战，几乎全军覆没，而那位年仅29岁的师长陈树湘，身受重伤后为了不当俘虏，竟从受伤的腹部毅然掏出自己的肠子，用力绞断，壮烈牺牲……那是怎样的信仰在支撑着他们，竟能如此义无反顾，视死如归！爸爸告诉我，这就是共产党人的大无畏精神，为信仰而生，为信仰而死。就在那一刻，共产党那伟大光辉的形象在我眼前、在我心中一下子清晰了起来。

伟大的中国共产党从苦难中走来，一路走向辉煌。当灾难来临时，五星专机漂洋过海接回中国公民，归家的人们跪下来虔诚地亲吻着祖国的土地。当疫情扑来，大洋彼岸兵荒马乱，我们却在党的领导下有效抗疫，并领跑世界经济。当外国势力肆意挑衅，我们果断亮剑，树立大国民族自信。没有实力，何来底气！

如果党是阳光，我们就是沐浴在阳光下幼苗，必将茁壮成长，顶天立地，成为祖国的脊梁。我骄傲，我生长在鲜艳的党旗下，我骄傲，我是幸福的中国人。让我们由衷地呐喊：伟大的中国共产党万岁！伟大的祖国万岁！

红色之旅 助我成长

"夜半三更哟,盼天明;寒冬腊月哟,盼春风。若要盼得哟,红军来。岭上开遍哟,映山红;若要盼得哟,红军来;岭上开遍哟映山红……"

每当哼唱这首《映山红》,我眼前总会浮现那片红色热土,想起省委文明办举办的夏令营——"新时代好少年",啊!那可是我毕生难忘的"红色之旅"。

到达古田,远望见"古田会议永放光芒",那庄严肃穆的灰色外墙——古田会议会址赫然跃入眼帘。这片红色热土,随处都记载着感人的革命事迹。

最震撼我心灵的,是瞻仰松毛岭无名英雄烈士墓。松毛岭,这美丽的地方却记载着一段悲壮的历史,它就是著名的松毛岭战役。"风萧萧兮易水寒,壮士一去兮不复还"!万余名红军战士为中央红军战略大转移赢得宝贵时间,坚守阵地,舍身忘我,慷慨就义,他们的鲜血染红了松毛岭的土地。

为支援松毛岭战役，人民群众也积极响应党的号召：挖战壕、抬伤员、运物资、送茶饭。松毛岭附近几个村子"家家无闲人，户户无门板"——门板都卸掉作了担架，献给那个炮火连天的岁月。就连少先队、儿童团也行动起来，为保卫苏维埃发一分光，尽一份力。

　　还记得吗？"当年在红军桥上参军的钟根基，他走过两万五千里长征，打过抗日战争，参加过抗美援朝，最后回乡务农，一直替当年一同参加革命而牺牲的战友们的父母养老送终；而罗云然老人呢，在三个儿子为国牺牲后，仍然义无反顾地将剩下的三个儿子也送到红军桥上，送上前线，最后六个儿子都牺牲了……"听完"六子当兵"的故事，这悲壮的生与死，让我们不禁潸然泪下。

　　是什么精神，让那上万余名战士，把青春与热血奉献给炮火连天的岁月；是什么精神，让那些无名少年，把忠贞与爱国镌刻在祖国大好山河上；是什么精神，让百姓拆下门板，成为红军最坚强的后盾！那就是不怕牺牲、舍生取义的中华魂，更是超乎生死的爱国情。

　　重走红军路，行完军礼、接过壮行酒，我仿佛也成了当年为振兴民族，解放千千万万受压迫的黎民百姓的小红军，紧握革命圣火，传承革命精神，努力成长为担当民族复兴大任的时代新人！

矢志为中华之崛起而读书

二零二一年的七月一日，是个特殊的日子。一百年前，中华大地上诞生了伟大的中国共产党。她带领全国人民改天换地，改变了中华民族的命运，也改变了每一位中国人。一百年后的今天，我守在电视机前，与全国人民共庆党的百年华诞。其中，大哥哥大姐姐们在天安门广场上的激情领诵，令我心潮澎湃。

强国有我 少年强音

福州市教育学院附属第二小学 刘亦宸 指导老师：陈磊

"一百年前,中华大地上诞生了中国共产党,播撒信仰的火种,点亮真理的强光。"当年,神州大地处于长夜难明的黑暗时代。那时,一群年轻人由一艘红船上扬帆起航,从此,中华民族的历史翻开新的篇章,中国共产党诞生了!她就像一束光,驱散旧中国上空的黑夜,带来光明。她就像一面旗,引领全国人民拼搏奋斗,走向胜利。当毛主席向全世界宣布中华人民共和国成立时,中国人民终于站起来了!

　　"你听!抗美援朝,保家卫国的军歌嘹亮!你听!大庆铁人,拼命拿下大油田的誓言铿锵!你听!两弹一星,震惊世界的东方巨响!你听!红旗渠,誓把河山重安排的豪迈乐章!"新中国成立之后,党再接再厉,带领全国人民摆脱贫困、共赴小康。党在建设过程中,带领全国人民度过一个个艰难险阻,取得一次次重大胜利。开发油田,让中国脱去贫油国的帽子。两弹一星,让中华民族在世界屹立于不败之地。

　　"站起来,富起来,强起来,新时代的号角响彻河山!""一国两制"的伟大构想,让香港澳门和平回归祖国的怀抱。中国科技的日新月异,神舟升空,嫦娥奔月,量子问世,北斗建成,让全世界为之瞩目。北京奥运的成功举办、"基建狂魔"的实力展现,让全世界为之惊叹。在党的正确引领下,中华民族实现了绝无仅有的和平崛起,中国人民终于强起来了!

　　"奋斗正青春,青春献给党!请党放心,强国有我!"一百年后的今天,哥哥姐姐们的庄严承诺,振聋发聩。

　　生逢盛世,当不负盛世!作为新时代小学生,我将热爱自己的祖国,热爱中国共产党,为中华腾飞而读书。用自己的实际行动,建设中华人民共和国。坚定不移听党话!跟党走!请党放心!强国有我!

爱，就爱你那绿意盎然的模样

春光明媚的一天，我和爸爸妈妈又一次漫步在你的美好中，一种熟悉而亲切的感觉油然而生。你的河水变得如此清澈，好像直接是从九天落了下来，流入了你的血脉。河边的垂柳和古榕，路边的花团锦簇，都是你美丽的花衣裳，让你打扮得花枝招展地迎接着远方客人。还有你从古代保留下来的珍贵历史文物，三坊七巷古民居的青瓦白墙，雕梁画栋，亭台楼阁和山水园林，让我有一种如在中国水墨画中细细品尝福州美食的快乐。

你就是我热爱的故乡，榕城福州，一个绿意盎然繁花似锦的地方。我问爸爸是什么让你有了这么大的变化呢？他说这都是你进行了生态建设的成果，才能在短短几年内旧貌换新颜。听到爸爸的话，我恍然大悟，想起了些许点滴。

福州教育学院附属第一小学 四年4班 花辰惜 指导老师：张春霞

我想到了常常去散步的晋安河,沿河两岸绿树的掩映下,栈道上早晚时分经常是人头攒动的,跑步的、晨练的、下棋的,人们悠闲自然、各行其乐。河水中水草丰茂,小鱼小虾在水底中游乐争食,还会看到各种不知名的小鸟在树枝间跳跃鸣叫着遥相歌唱,一派人与自然和谐共处的画风。

我想到了爬过多次的金鸡山,山上小路小径纵横交错,沿路的绿树郁郁葱葱,三三两两的绿草地又平又软,我每次都要在上面滚个几回合才过瘾。行走在栈道上,福州城的美景尽收眼底,清透的河流,鲜艳的花朵,在一片绿荫里带来一种山在城中、城在山中的美感,让人如梦如幻,如痴如醉。

我想到了四季绿意浓浓的西湖公园,夏有荷花秋有菊,想到工业路两旁一到春天就怒放的羊蹄甲,满树粉的白的花,让这条工业路如诗如画,美不胜收。想到了家门口东水路枝繁叶茂遮荫挡雨的香樟树,随时散发着淡淡的清香。

我还想到了我们福州的名人冰心奶奶曾经在回故乡福州时的感受,从严冷枯黄的北方回来,看到展现在我面前的青山、碧水、红花、绿叶,使我惊讶而欢喜。

是啊,爱,就爱你那绿意盎然的模样吧,我亲爱的新福州,我可爱的绿福州,我热爱的美福州,谢谢大家。

革命精神永流传

《草地夜行》读完了，文中"……要……要记住革命！……"这句话像刀子在我心头一下下地割着，令我无比心痛，我思绪万千，这就是中国共产党员无畏忘我的革命精神！

福州市乌山小学 吴弈阳 指导老师：吴林升

茫茫的草海，望不到边际。"我"掉了队，艰难地行走，一个军部的同志遇上了"我"，给带去了生的希望，他背上"我"前行。天黑了，那位同志滑落泥潭，他猛地一下把"我"甩到一边，大声喊道："要记住革命！"他不畏困难、舍己为人的精神是多么可贵，宁可自己牺牲，也不愿让别人牺牲。

我感受到了，这革命精神不仅仅停留在书中，它已经在流传，在影响着一代又一代人。

它传到了革命的艰苦时期。张思德同志在遇上矿洞塌方时，首先想到的不是自己，而是身边的同志，不顾自己的安危，先把身边的同志推开，当大家反应过来时，他已经牺牲了。董存瑞为了不让战友有更多的牺牲，拿起炸药包，冒着枪林弹雨，英勇地冲到暗堡的桥下，到了桥下,面对没有支架每拖一分钟就可能会有更多战友牺牲的困境,他用手高高将炸药包托起,同敌人的工事一起炸成了缕缕轻烟。

它传到了现在的幸福年代。2019年新冠疫情来袭,无数白衣天使在我们身前组成了一道道人墙,用自己的血肉保护我们。有的人连续工作几天几夜累得等电梯片刻睡着了,而有的人在抢救病人后永远睡着了,无法看到最终的胜利。这种不怕困难、舍己为人的精神将流传千古,流入每一个人心中。

我也深深地感受到了这种精神对我的影响和改变。在组装哥德堡参加学校科技节比赛时,我们小组前期准备并不顺利,不是运转卡壳掉球,就是机关太简单时长不够,反复多次老是失败,同学之间争论不休,我烦得想撒手不管。可我想起了革命前辈不畏艰难的精神,想到了白衣天使为战胜疫情的艰辛付出,我改变了想法,觉得我不能轻言放弃,失败了就再来,人生之路没有随随便便地成功。于是,我说服同学一起寻找失败原因,寻求技术支持,多次改装调试后终于迎来了成功,我们的哥德堡获得了校科技节的大奖。

革命先辈为我们抛头颅洒热血,这种无畏忘我的革命精神已经深深地厚植到我们这一代祖国花朵的心中,我们要向英雄们学习,成为合格的接班人!

我爱红领巾

"咚！咚！咚！"我一边用力地敲着门，一边大声地喊着："妈妈妈妈，我回来啦！"

"乖宝贝，你回来啦！"妈妈一边打开门一边笑盈盈地对我说。可是还没等我回话，妈妈脸上的笑容渐渐凝固了……

我有点丈二和尚摸不着头脑，妈妈非常严肃地对我说："你先站好，检查一下自己的仪容仪表。"我百思不得其解，我怎么了？低头一看，原来是胸前的红领巾在我跑回家的过程中已经成了一条"红围兜"，我一脸不屑地对妈妈说："没事没事，我给它转回来就是了。"说完顺手将红领巾扯了回来。妈妈蹲下身子来，解开我的红领巾，平铺在桌子上，用双手轻轻地抹平，折了两折，又压实了，重新戴在我的脖子上。她将红领巾藏在我的衣领下面，双手轻轻地拉一拉，齐平了，认认真真地给我重新绑上。妈妈一边这么做着，一边语重心长地对我说："伯辰，你知道红领巾的来历吗？它是用中国人民的鲜血染红的，是国旗的一角，戴上它，说明了你是党的孩子，你应该珍惜它，爱护它，每一天都佩戴好它！"

福州市台江实验小学 陈伯辰　指导老师：黄息芳

看着妈妈严肃的样子,我若有所思地点了点头。妈妈看着我似懂非懂的样子,拉着坐在沙发上,抚着我的小脑袋认真地说:"看来得给你好好地上上这一课啦!"

妈妈打开学习强国APP,让我看了许多新闻报道和视频,我了解了红领巾的含义,了解了我们国旗的来之不易。我还看了许多哥哥姐姐的征文,更加明白了"少年强,则中国强"。

从此以后,我每当参加升旗仪式时,当那鲜艳的红旗伴着雄伟的国歌缓缓升起,我的小手用力地举过头顶,行着庄严的队礼。而将手放下时,我的小手总是轻轻地抚摸一下胸前的红领巾,戴上它是多么光荣啊!"葵花向太阳,童心永向党!"我总是悄悄地对着胸前的红领巾说:"我一定要做一名优秀的'红领巾'!"

读《辛亥年的枪声》看福州人的性格

读完南帆老师的《辛亥年的枪声》，脑海中便挥散不去那个"为天下人谋永福"的年轻人的画像——是的，是林觉民，一个铁骨铮铮的24岁的福州男子。

在许多北方人眼里，福州男人似乎缺少了一些阳刚之气，不如闽南男人那样"爱拼才会赢""在职场上有事业心，有进取心"。我们常常看到，在菜市场里，不少拎着菜篮子和老板讨价还价的是福州男人；在小区，趿拉着凉鞋，拎着垃圾去倒的是福州男人；透过窗户，不少赤膊上阵主管家中一日三餐的还是福州男人……如此"沉沦"于琐细的生活的福州男性，怎会有大格局、大境界？

其实，这绝对是对福州男人的误解。温和并不代表懦弱，顾家并不代表格局小，英雄本色是在面对大是大非时候才展现出来的，而日常的岁月更需要彼此温柔的谦让，而非剑拨弩张的刚强。正如《与妻书》中所言："初婚三四个月，适冬之望日前后，窗外疏梅筛月影，依稀掩映；吾与并肩携手，低低切切，何事不语？何情不诉？"此中"柔肠"恰恰是"侠骨"的最好搭配。当他面对不可避免的牺牲，他毅然抛下儿女情

福州市乌山小学 陈修逸　指导老师：王胜

长,那股与生俱来的豪气一览无余。

这股豪情在福州其实是有传承的。林则徐终其一生只有一位妻子,面对她时百般敬重,言听计从。但当他面对咄咄逼人的侵略者,强硬的态度令英国人神色慌张。他曾在虎门霸气地下达"给我烧了""抬出大炮"的命令,他曾在西安激情满怀地写下"苟利国家生死以,岂因祸福避趋之"。只有面对敌人,才有必要拿出这股狠劲。类似的英雄还有刘步蟾,还有林旭,还有林长民……他们大多出身于知书达礼的家庭,生活中都是温文尔雅的读书人,但面对大是大非,他们都毫不犹豫地展示出中国人的铮铮铁骨!

没有一个安稳的国,哪来一个完整幸福的家?这是渗透在福州人血脉中的集体共识。但回到平静的日常生活中,踏踏实实过好日子便是生活的本色。

辛亥年的枪声已经过去了很久,但在福州人的心目中,这些英雄的事迹依然代代相传。"海纳百川,有容乃大",正是这种城市精神的潜移默化,更让"侠骨"与"柔肠"的组合延续至今。我想,这是否也正是福州城市的魅力所在?

一封《与妻书》千古家国情

在福州辛亥革命纪念馆里陈列着一块微微发黄的白方帕,它与广州黄花岗起义英勇殉难的七十二位烈士连在了一起——这就是林觉民的《与妻书》。

林觉民,1887年生于福州。1907年,20岁的林觉民毅然告别亲人东渡日本留学,虽身在异国他乡,可他时刻关注的是祖国的凄风苦雨。于是参加了孙中山、黄兴领导的同盟会,投身革命运动。1911年春天,香港滨江楼内夜深人静。离广州起义仅三天了,林觉民倚窗远眺夜幕笼罩下的遥远故乡,满怀激情,思绪万千,挑灯写下了被后人誉为"人世间最纯真,最高尚的情书"——《与妻书》。

"意映卿卿如晤:吾今以此书与汝永别矣!""吾自遇汝以来,常愿天下有情人都成眷属;然遍地腥云,满街狼犬,称心快意,几家能够?"在此,林觉民不仅对妻子表达了深深的歉疚和殷殷情意,而且表明了一个革命者坚定不移的必死信念;把对妻子的无限爱恋升华至"为天下人谋求永久的幸福"之大爱之中。

福州市仓山实验小学 陈笑然 指导老师:黄敏雯

谁没有亲人,谁没有家园。他们同千千万万个家庭一样,也有一个温馨的家。一边是岌岌可危的国,一边是千般不舍的家,两难的抉择,志士们却毅然地作出了决定,为了祖国,放弃小家!

　　1911年4月27日下午5点30分,广州起义的枪声打响了,林觉民义无反顾地奔赴战场。为了中华民族的解放事业,他把一腔热血洒在了黄花岗上。

　　林觉民牺牲了,年轻的脚步只迈动了24年,而《与妻书》那独一无二的美却永远留在了人们的心中,这种美是为人类谋求幸福的精神美,是永远浓郁的芳香,是悠悠悦耳的琴声永远叩动着人们的心弦,让你懂得什么是历史,什么是民族精神,什么是爱。

小小志愿者随笔
省革命历史纪念馆

福州市船政小学 陈海阳　指导老师：张舒泓

你看，革命历史纪念馆里，那个身穿红色志愿者马甲，胸前飘扬着红领巾，圆润的脸庞上挂着汗珠，眼神坚定的孩子就是我。我是来自福州市船政小学的陈海阳，也是省革命历史纪念馆的小讲解员。黑色的耳机，小小的扩音器里总能传递出铿锵有力的声音，缓缓诉说着革命历史纪念馆里永存的红色经典故事。感恩省革命历史纪念馆的叔叔阿姨，老师和妈妈给我成长的机会，让我成为红色经典传承者。

暑假和每个周末,我面对着老师同学、外国游客、解放军叔叔、工人哥哥、医生姐姐等,来自世界各地、各行各业,不同面孔、不同年龄的人们,讲述着革命烈士们的动人事迹,一股对英雄的敬佩之情从我心底油然而生。

在讲解过的红色事迹里,或许是因为年龄相近,每次讲解时总能深深打动我的,是那位从小接受党的教育,积极参加革命斗争,自编自唱了许多革命山歌,被誉为"红色小歌仙"的中国现代十大少年英雄之一——张锦辉。小小年纪的她,是那样积极向上、勇敢聪慧、英勇无畏。在那个动荡的年代,小英雄张锦辉采用"白话"形式自编自唱了许多通俗易懂的民间小调,向乡亲们宣传共产党,但后来遭敌袭击,不幸被捕。在狱中她坚贞不屈,用山歌与敌人作斗争,在被敌人押往刑场时,她慷慨高歌,英勇就义,年仅十五岁。

历史川流不息,红色精神代代相传!作为小学生,我虽然年龄还小,做不了什么大事,但我可以脚踏实地学习历史文化知识,用我的声音传递正能量,用我的行动奉献社会,成为一名对国家、对社会有用的孩子。正如习爷爷曾说过:学史明理、学史增信、学史崇德、学史力行!我相信榜样的力量是无穷的!我是新时代的福州娃,更是闽都红色文化的传播者。戴上小蜜蜂,穿上红马甲,这是我的志愿,更是我的成长故事。

革命之火 永燃不息
——读《铁道游击队》有感

抗日英雄杨靖宇曾说："革命就像火一样，任凭大雪封山，鸟兽藏迹，只要我们有火种，就能驱赶严寒，带来光明和温暖。"中国，是一个拥有着亿万华夏儿女的大家族。而中华民族的崛起，是依靠我们敬爱的党，用它那烈焰般的温暖，以母亲般的爱抚，培育出了一代又一代的革命领导者。他们裹着党的光辉，胸怀着不熄的革命之火，带领着中华儿女走向光明！

生活在新时代的我们，总是惧怕困难，面对生活有诸多抱怨。但，我们又何曾想过，革命年代人民的生活过得是如何的艰难困苦：抗战时期，一个山庄的炭厂里，涌现出一批敢于斗争，自强不息的壮士，自发地组成一支名为"飞虎队"的铁道游击队。在那个烽火连天的年代里，他们丝毫没有畏惧牺牲，用生命奋起反抗，与日寇斗智斗勇，最后共产党带领人民走向革命的胜利。

福州市长乐区吴航中心小学 陈博仪　指导老师：陈御翠

"中国共产党"——一位慈祥的母亲,在人民最困难,国家最动乱的时候,毅然成为黑雾中一团熊熊燃烧的烈火,引导迷失于黑暗中的人们走出迷雾。当国家战乱、土地一片疮痍、百姓流离失所,中国共产党员回应了人民"岁月静好,幸福安康"的愿望,用血肉与精神铸成了飘扬的五星旗帜。

　　《铁道游击队》里鲁莽刚猛的鲁汉;机动灵活的王强;勤劳善良的芳林嫂;英勇献身的林忠……革命的火苗,在《铁道游击队》里每个平凡的中国人身上点燃,共产党员的身影永远不会倒下!

　　党的光辉,照耀中国,革命之火,燎遍神州!多少次,在国与民面临危难时,我们的共产党携着光明与正义到来。在"疫情"的战场上,有着许许多多的铁道游击队的化身,他们虽没有冲锋陷阵,却义无反顾冲在抗疫的第一线,为我们斩断病魔,保护国家财产和人民的安全!

　　同学们,让我们秉承着党的意志,将前辈的红色精神发扬光大。星星之火,可以燎原,让革命之火,永燃不息!

沁园春
——建党百年有感

乙亥岁末，庚子春初，疫毒肆暴。

望九州上下，雾霭沉沉，

四海内外，悲鸣衮衮。

火雷联动，党民同心，

千万旌旗尽飘摇。

百余年，我泱泱华夏，疾风劲草。

遥观大洋彼岸，

魑魅魍魉其心昭昭，

笑民主自由，登而不拜，

霸权欺凌，拜而不登。

更有阿三，蠢蠢欲动，

罔顾黎民正哀嚎。

待明日，展华夏巨浪，我辈弄潮！

福州市钱塘小学 林安澜 指导老师：万轶

追思先烈 筑牢信仰之基
——读《文韬武略的军事家——左权》有感

福州市金山小学 林梓和　指导老师：鄢敏霞

"爸爸，1940年8月，您为我们娘俩赴延安送行，特抱着我与妈妈合影留念。那张照片我一直珍藏着。看，在爸爸怀里的我笑得有多开心、多快活。出生不满100天的小孩，哪里知道这竟是和您的生离死别呢……"这是左太北在"写给亲爱的爸爸妈妈"当中的一段话。

左权塑像。

读着这段饱含深情的家书,我眼里仿佛浮现出一个出生以后就再也未能见到爸爸的小女孩,在硝烟战火中哭着要爸爸的悲痛场景。

　　这个周末,爸爸和我一起阅读《百年光辉历程　全面建成小康》一书,当看到《文韬武略的军事家——左权》时,爸爸和我详细讲解了左权这个在抗日战争期间八路军牺牲的级别最高的将领的一些故事。

　　在艰苦卓绝的岁月中,左将军把柔情和思念融进一封封的鸿雁家书,舍"小我"而忠"大我";在烽火连天的沙场上,左将军运筹帷幄,在多次"反扫荡""反围剿"战争中部署得当、指挥有方,成为不折不扣的功勋宿将;在危急存亡的关键时刻,左将军将生死置之度外,勇拼热血捍卫吾华,主动率部为大部队断后,敌人的炮弹击中了左将军的头部……青山有幸,埋得英魂忠骨;鲜血浸染,辽县从此易名。

　　天地英雄气,千秋尚凛然。近八十载的岁月流逝,并没有漂白这段记忆,回到历史深处,缅怀彪炳史册的伟大功勋,感悟革命先烈的牺牲奉献,令我热泪盈眶。从左将军的拳拳爱国心、殷殷报国情中,我们读懂了"苟利国家生死以,岂因祸福避趋之"的赤胆忠心;读懂了"未惜头颅新故国,甘将热血沃中华"的献身精神;读懂了"天下兴亡,匹夫有责"的勇于担当……在动荡不安的革命岁月,左权将军何以能百折不挠忠诚于党,义无反顾以身许国?说到底,是理想使然、信念使然。心中有信仰,脚下有力量。献身精神源于生死难撼的坚定信仰。只有筑牢信仰的高地、守住精神的净土,才能在烽火连天的战争年代中支撑起中华民族救亡图存的希望,才能在和平发展的时代浪潮中吹响奋进新时代的号角。

童心·向党 筑梦中国

福州教育学院附属第三小学 林潘浩 指导老师：杨妙容

老师说春节承载着中华民族的集体记忆，是一家人团圆的大日子；奶奶说，中国人图个吉利，春节里用的所有物品都必须是正正的中国红；爸爸说，生活在小康社会的我们，每天都像在过年；而我觉得春节就是一场盛大的聚会，我可以见到许久未见的兄弟姐妹，还能拿好多好多红包，每天跟着爸爸妈妈或走亲访友互道新年好，或穿梭于各条繁华的街巷购物血拼，甚至还能走出福州，乘上飞机、坐上高铁，探访祖国的大好河山。

然而2020年的春节，因为一场疫情，中国被按下暂停键。最喜热闹的我们，最重亲情的我们，为了更好地保护自己和他人，在党中央的领导下自觉地待在了家里。出不了门，见不到好友的我有点郁闷，妈妈摸着我脑袋说："孩子，没有过不去的年。我们不给国家添乱，利用这段时间好好给自己充电。"于是，这年的春节，我和妈妈一起养成每天早起练字、看书的好习惯，坚持练习的我能够熟练地写下："青山一道同云雨,明月何曾是两乡"等抗"疫"诗句,用自己的行动来声援疫区的人民和逆行的英雄们。同时,和妈妈一起读完了《百年光辉历程 全面建成小康社会》的我,深感生活在温馨、和谐、充满活力、互亲互爱的小康社会的幸运,哪怕宅在家里几个月的我们依然衣食无忧,不为生计发愁。

2020年5月,我们终于在明媚的阳光下重返校园,慢慢摘下口罩的我们发现熟悉的校园变得更加美丽,老师们的课堂变得更加动听,同学们的笑容也变得更加灿烂。

转眼又是一年春来到,2021年的春节近在眼前,像往常一样,大街小巷挂起了红灯笼,插上了小红旗。不一样的是,经历了疫情的中国人,变得更加的淡定自若。而又长大一岁的我,有了一年的沉淀,更加自信,加入了"星星火炬心向党"志愿者服务队,还积极报名了三附小党总支组织的"迎新春送对联"活动。这天早晨,我早早地起床,对着镜子整理好自己的衣服,认认真真地佩戴上印有校名的大红色志愿者绶带走向学校,融入那群和我一样的火红中。当我缓缓铺开春联纸的那一刻,心中感慨万千。于是,我郑重地提起毛笔,小心翼翼地蘸好墨汁,端端正正地写下:"东风送暖花自舞,大地回春鸟能言。"作为少先队员代表的我和志愿者老师们一起在寒日里用墨香为社区的叔叔阿姨、爷爷奶奶们送去那一抹抹拥有中国红的温暖。我们挥毫泼墨,书写内心的激动,更想告诉世人什么样的困难都难不倒中国共产党领导下的坚强智慧的中国人,我愿用最浓重的笔墨书写——"童心向党 筑梦中国!"献礼党的百岁华诞!

探访红色足迹 传承红色精神

看完《指间的太阳》,我深深地被这群坚强的红军战士所感动,在海拔3500米的沼泽草地上,他们时刻面临着生死的考验,却依然选择前进,究竟是一种什么样的精神信念支撑着他们呢?为了寻找答案,我开始了红色足迹的探寻之旅……

我走进山西省文水县的刘胡兰纪念馆,广场纪念碑上"生的伟大,死的光荣"8个大字熠熠生辉。我站在刘胡兰烈士雕像前,郑重地举起右手,献上少先队队礼,向这位15岁就为了革命英勇牺牲的共产党员致以最崇高的敬意。

我走进贵州省遵义市遵义会议纪念馆,慢慢地跟随着讲解员叔叔,认真倾听红军长征的故事,感受中国共产党激动人心的历史风云。

我走进福建省长汀县博物馆,这儿是福建省苏维埃政府旧址,毛泽东、朱德、周恩来、邓小平等中共领袖、开国元勋都曾在这里进行过伟大的革命实践。我来到革命博物馆尽头的一间狭窄的小木屋。这里曾是关押过共产党早期领导人瞿秋白的地方。在这间狭小的木屋里,瞿秋

福州教育学院附属第二小学 姜语澄 指导老师:陈晨

白在生命的最后尽头依然为革命,为中国共产党的发展殚精竭虑,誓死不降,英勇就义。

我走进仁寿堂,讲解萨镇冰一生为国为民的故事;我拜访蔡威将军和吴石将军的雕像,倾听他们为了国家解放、民族独立一生隐姓埋名,赴汤蹈火,壮烈牺牲的故事,在他们的雕像前,我似乎还能听到他们的铮铮誓言,"吾辈从军卫国,早置生死于度外,今日之事,有死而已"……

从这一个个红色故事中,我懂得了支撑他们无怨无悔付出的精神信念是什么?是中国共产党员心中装着的祖国和人民。正是秉持着这样一份以身许国的赤诚忠心,我们党才能一步一个脚印,从一个50多人的小党发展成今天9000万人的大党,我们才能在明媚的阳光下自由歌唱,在宽敞的教室里安心读书。

这就是革命先烈们梦寐以求的可爱的中国,我们作为生长在和平盛世的少先队员,更应做到心有榜样,继承先辈们的精神,认真学习中华传统文化和科学技术,积极锻炼身体,踏实努力,为祖国的富强贡献自己的力量,为五星红旗增光添彩!

理想照亮未来
——《开学第一课》观后感

每次开学时,我们都会收看《开学第一课》。不知不觉中,它已成为我们每个新学年的必修课。又到九月一日,我不禁正襟危坐,挂起红领巾,准时坐在电视机前。

今年的《开学第一课》的主题为理想照亮未来。节目中,有许多梦想成真的名人发言:如射击冠军杨倩考上清华大学,还能在赛场上保持沉稳的心态;苏炳添在本该退役的三十岁继续冲击自己的最快速度,张桂梅老师,她以药当饭,让山里的女娃们考进了大学,他们的故事让我感触深远,他们的理想就是坚持,这也让我思考理想到底和未来有多远?

令我印象最深刻的便是李宏塔深情讲述李大钊爷爷的故事,他告诉我们,李大钊爷爷生前每月的收入有200多块大洋,李大钊爷爷却把大部分经费投入到革命事业中,李大钊爷爷牺牲后,只留下了一块大洋。李宏塔表示,这一块大洋是李大钊爷爷留给他们最珍贵的财富。看到这,似乎让我明白,理想就是继承。

福州市鼓楼第一中心小学 郭诗羽 指导老师:黄薇

回想百年前，国难来临，我们的先驱们凭着救国的理想，给旧中国开辟了新出路，正是革命先辈们从不放弃理想，用革命武装青年，才能让中国重新变得繁荣富强。作为接班人，作为共产主义事业的接班人，我们的理想就是传承，就是不放弃的坚持，我们也要努力学习，将来报效祖国，成为国之脊梁，实现自己的价值。我不禁又低头看看红领巾，这不是简单的仪式感，这更是我们少先队员的使命感，我的理想更是我们国家的理想，少年可期，祖国的未来可期！

小小的餐桌 大大的梦想

福州市钱塘文博小学 赖旻宇　指导老师：余晶

中国，一个饱经风霜的国家，在中国共产党100年来的正确领导下，在亿万同胞的艰苦奋斗下，已全面建成小康社会，走向伟大复兴之路。

于是我时常听爷爷讲过去的故事：在建国初期，物资匮乏，人们经常挨饿受冻，吃了上一顿，没有下一顿。家里的餐桌上基本只有土豆、红薯，稀饭都稀得可以照出人的影子。20世纪60年代，因为自然灾害闹饥荒，粮食歉收，餐桌上的东西更是少得可怜，在青黄不接的时候，人们为了填饱肚子，吃草皮、吃树根，甚至吃观音土，很多人被饿死。

到了80年代，改革开放的春风吹遍了神州大地，这股春风也给人们的餐桌带来了巨大变化，老百姓都能吃饱饭了，平时偶尔还可以吃几次红烧肉。过年时，餐桌上的菜也更丰盛了，鸡、鸭、鱼、肉都唱起了主角。虽然都是从正月初二到十五招待客人的，自家人只能看不能吃，小孩子要得到大人允许，才能吃上一两块肉，但到了正月十六就可以大快朵颐。爷爷说，那时候，他最爱去他姑姑家。他姑姑家住城里，姑父在粮站工作，收入稳定有保障。每次爷爷去，姑姑都会做包子给他解馋。那时能吃上肉包的日子感觉特别的幸福。

到了现在，人们不仅吃得好，还特别讲究，丰富的菜品随处可见。我们每天的饭桌上都有荤有素，还讲究营养搭配，饭后还有水果呢！每天的生活都跟过年似的。我们小孩子的零食更是各种各样。餐桌上仅是"美食"已经不能满足人们的需求，大家开始注重饮食健康。从"吃不饱"到"吃得好"，再到"吃得健康"，一个小小餐桌的变化，折射出中国共产党领导着全国人民奔向幸福的生活。怪不得现在爷爷红光满面，天天都去锻炼身体，原来是要好好享受这美好的生活啊！

餐桌的变化关系着老百姓的柴米油盐，在中国共产党的英明领导下，中国人民的生活正发生着翻天覆地的变化。今年是中国共产党建党100周年，我们已经全面建成了小康社会，习主席说："幸福都是奋斗出来的。"相信在下一个百年我们一定能实现建成富强、民主、文明、和谐、美丽的社会主义现代化强国的这一伟大目标。因此，我们作为新时代少年，要珍惜现在的幸福生活，为祖国富强而努力读书，为实现中华民族伟大复兴梦想而努力奋斗。

图书在版编目(CIP)数据

　　兰圃新声:福州市师生有声美文大赛优秀作品集/福州市教育局,福州市文联,福州晚报编.－福州:海峡文艺出版社,2023.11
　　ISBN 978-7-5550-3330-1

　　Ⅰ.①兰… Ⅱ.①福…②福…③福… Ⅲ.①中国文学－当代文学－作品综合集 Ⅳ.①I217.1

中国国家版本馆 CIP 数据核字(2023)第 079134 号

兰圃新声——福州市师生有声美文大赛优秀作品集

福 州 市 教 育 局	
福 州 市 文 联	编
福 州 晚 报	
出 版 人	林 滨
责任编辑	余明建
出版发行	海峡文艺出版社
经　　销	福建新华发行(集团)有限责任公司
社　　址	福州市东水路 76 号 14 层
发 行 部	0591－87536797
印　　刷	福州喜临门彩色印刷有限公司
厂　　址	福建省福州市仓山区建新北路 151 号
开　　本	787 毫米×1092 毫米　1/16
字　　数	160 千字
印　　张	14.5
版　　次	2023 年 11 月第 1 版
印　　次	2023 年 11 月第 1 次印刷
书　　号	ISBN 978-7-5550-3330-1
定　　价	78.00 元

如发现印装质量问题,请寄承印厂调换